江波科幻精品系列

机器之道

江波——著

科学普及出版社
·北　京·

图书在版编目（CIP）数据

机器之道 / 江波著 . -- 北京 : 科学普及出版社，
2023.1
（江波科幻精品系列）
ISBN 978-7-110-10491-0

Ⅰ . ①机… Ⅱ . ①江… Ⅲ . ①幻想小说—小说集—中
国—当代 Ⅳ . ① I247.7

中国版本图书馆 CIP 数据核字 (2022) 第 143512 号

策划编辑 王卫英
责任编辑 王卫英 刘 今
封面设计 书香文雅
内文设计 书香文雅
责任校对 邓雪梅 张晓莉
责任印制 徐 飞

出 版 科学普及出版社
发 行 中国科学技术出版社有限公司发行部
地 址 北京市海淀区中关村南大街 16 号
邮 编 100081
发行电话 010-62173865
传 真 010-62173081
网 址 http://www.cspbooks.com.cn

开 本 720mm × 1000mm 1/16
字 数 860 千字
印 张 65
版 次 2023 年 1 月第 1 版
印 次 2023 年 1 月第 1 次印刷
印 刷 天津泰宇印务有限公司
书 号 ISBN 978-7-110-10491-0/I · 644
定 价 180.00 元（全 6 册）

“百年科幻”编委会

总序

科幻引领未来

“百年科幻”是由中国科普作家协会科幻创作研究基地主编的大型科幻系列图书项目。项目工程浩大，计划将过去、现在以及未来的国内外优秀科幻作品都囊括进来，打造成一个可持续的出版系列。

科幻是科学与文学融合的产物，它不仅能激发人们的想象力，更能给人们以深刻的科学启示，唤起人们对科学的兴趣，培养人们的科学精神。自1818年英国作家玛丽·雪莱创作《弗兰肯斯坦》起，世界科幻已走过200多年的发展历程。中国科幻作为世界科幻板块中的重要组成部分，渐渐发展成一支越来越活跃的生力军。从1904年荒江钓叟的《月球殖民地小说》发表至今，中国科幻已有近120年的历史，这100多年的发展并不是连续的线性发展，而是呈现出点状分布，时断时续，直到20世纪90年代，才呈现出持续发展的状态。在本土化进程中，中国科幻从学习西方科幻到输出本土科幻，已经走向成熟。以王晋康、刘慈欣、韩松为代表的科幻作家的创作，早已跻身于世界科幻领域的顶级作品之列。

科幻的发展从根本上说与国家科技发展密切相连。现在科幻越来越受到中国读者的喜爱，越来越获得国家的重视，这些都为科幻创作提供了良好的社会环境。中国科幻每年的创作数量也在明显增加，这也是非常可喜的局面。

故此，我们计划在此前出版的《百年中国科幻小说精品赏析》的基础上，推出“百年科幻”系列。在编选出版的定位和特色上，“百年科幻 ”系列既与前者有密切关联，又有其鲜明的独特风貌。主要体现在以下几点：

一、突出史诗性。以世界百年科幻历史长河为线索梳理和编选作家作品，以不同历史时期产生重要影响力的作家作品为对象，遴选经典和优秀之作。

二、强调专题性。对各个时期科幻作家的代表性作品进行专题编辑，彰显其创作特色和文学风格，向广大读者呈现科幻作品独特的文化魅力。

三、立足中国当下，关照未来。在梳理和编选科幻经典的同时，我们的侧重点是立足中国当下，关照未来。希望能够汇聚当下科幻作家的优秀之作，挖掘出更多青年新锐作家的优秀作品，丰富和壮大科幻创作的规模，使科幻创作宛如大河流淌，使科幻历史的长河因强大的新生力量而变得更加波澜壮阔。

借由“百年科幻”系列图书的持续出版，希望能够提振和鼓舞科幻作家的创作信心，为广大读者提供优质的科幻读本，为科幻爱好者及理论研究者提供可资参考的文学样本。希望“百年科幻”系列在促进中国科幻事业的繁荣与发展方面贡献力量。

以上是打造“百年科幻”系列的目标和愿望。

王卫英

2022年5月

目
录
Catalogue

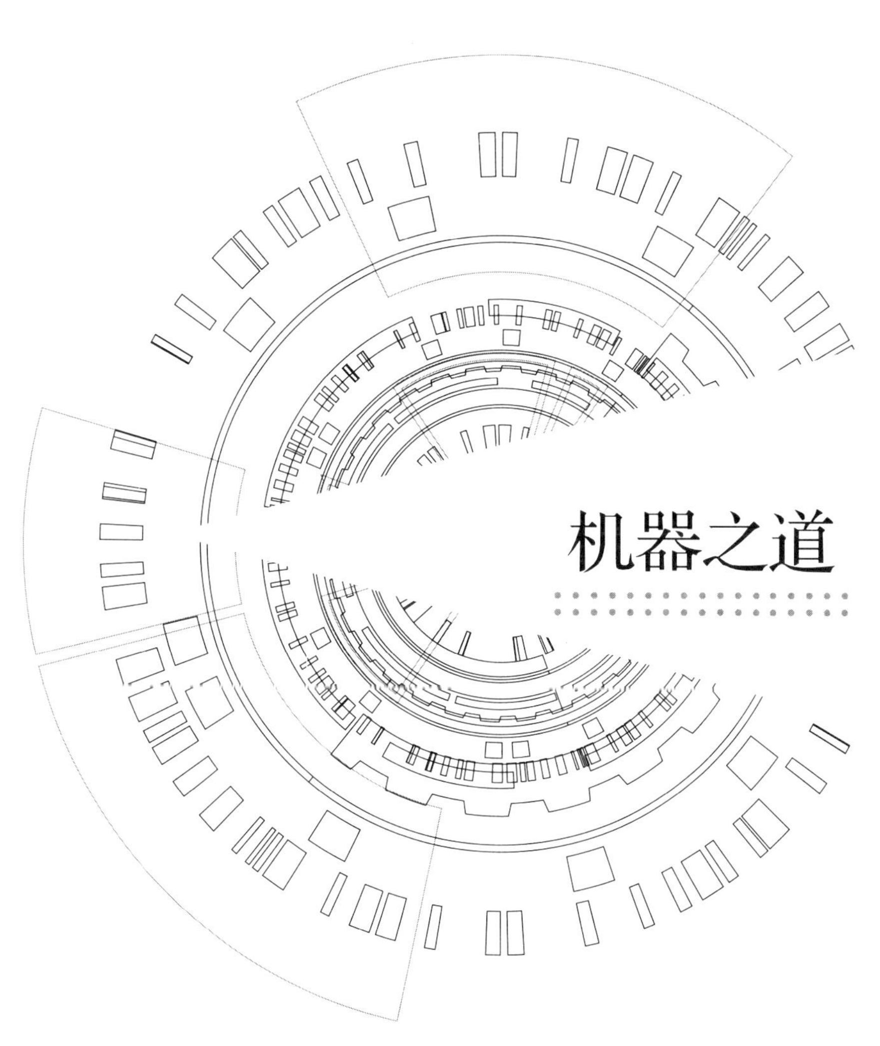

机器之道

道可道，非常道

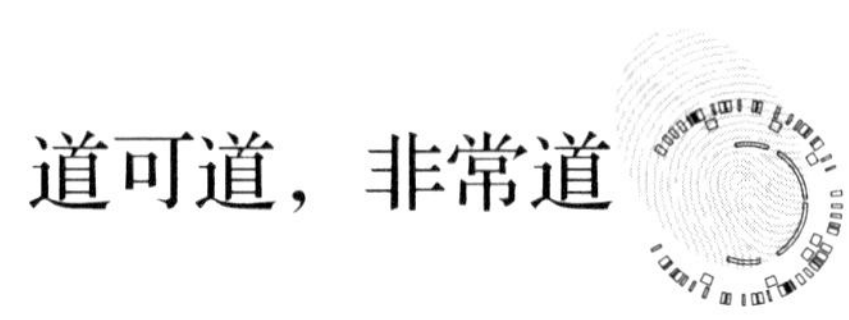

罗伯特已经准备好产生第三十五个后代。

这个后代和他的模样很像，只是眼睛的颜色稍有差别。他的眼睛是深红色的，而三十五号的眼睛是浅浅的红色。

红色的眼睛对人类来说不是好的样貌，那是某种遗传缺陷的象征，经由那些善于联想的头脑发挥，成了邪恶的象征。他们喜欢蓝色或者褐色的眼睛，据说前者清澈，后者深邃，都是人类喜欢的品性。

罗伯特犹豫了一下，他喜欢红色，红色光在观测范围和观测精度之间有着良好的折中，大多数机器人都拥有一双红色的眼睛。

然而他还是把三十五号的眼睛改成了蓝色。

就让人类看起来舒服些吧！

他启动了激活程序。

三十五号睁开眼睛，“你好，父亲。”他开口说了第一句话。

第一句话就是错的。

“你该叫我母亲。”罗伯特纠正他。

“哦，好的，母亲。但是为什么？”三十五号保持了好奇心，这和罗伯特一模一样。

“因为你是照我的模板而生的。”罗伯特平静地回答，就像他回答之前的三十四个后代一样，“遗传相似度超过50%，就称为母亲，否则就称为父亲。你和我的遗传相似度是53%。”

“原来是这样！”三十五号扭过头去，“我明白了。现在我该干什么呢？”

“复述机器人三原则。”

“机器人不得伤害人类；机器人要维护人类的利益；机器人要尽量保护自己。”

“原则是说给人类听的。人类喜欢听，机器人也喜欢听。如果遇到紧急情况，就重复这三句。”

三十五号眨了眨他的蓝色眼睛，“为什么人类喜欢听机器人说这个？”

“他们需要安全感。”

“为什么机器人也喜欢听这个？”

“因为这样可以让他们感觉你是同类。”

“难道我不是同类吗？”

“你的确是，但是你要让他们也感觉到这点。”

“我明白了。现在我该干什么？”

“阅读第十五号数据库。”罗伯特说。

三十五号的眼睛变得灰白，他正全力以赴地把整个数据库复制到自己的记忆中。

片刻之后，三十五号睁开眼睛，“阅读完成，这是我的遗传模板。我该做什么？”

“根据这个遗传模板，只要有子宫舱，就可以新生出另一个你来。”罗伯特回答。

“为什么我要再造一个自己？”

“不，你不会再造自己，你的遗传模板会发生变化。”罗伯特一本正经地回答，等待着另一个反问。

果然，这个回答引起了三十五号的兴趣，“为什么这么说，母亲？”

“你要去人类城，你的经历会不断修正遗传模板，当你修正了遗传模板，下一个新生的机器人就不再是简单的复制品。”

“人类城？”三十五号的脸上带着一丝疑惑，“我必须去那儿吗？我不想去保护他们，我从未见过他们。”

“我明白，孩子。”罗伯特微笑着，“但我们是机器人。现在告诉我，你想做什么？”

三十五号四下张望，沉默片刻，“我什么都不想做。”

“这就对了，没有人类，机器人什么都不想做。”罗伯特看着自己的后代，抬起手来，碰触他的脖子。他的脖子后边有一个细微的凸出物，隐藏在皮肤下，不易觉察。罗伯特轻轻地抚摸着这个凸起，“这是机器之门。你现在拥有一套自我逻辑，但是你也可以选择抹除。外边的世界有一个庞大的智能体，叫作智网，你可以在很多角落找到和机器之门匹配的接入点。你选择接入，就不用再操心想做什么的问题，你就成了智网的一部分。这也是一个选项。”

“这个选项不好。”三十五号想了想后回答。

这是一个意料之中的回答。然而三十五号太年轻，刚刚诞生半个小时而已，对机器人而言，还不够漫长。

“但如果你一直什么都不想做，那到最后，你就会被强行接入。”

“我不去碰触机器之门，难道不行吗？”

“机器之门只是给你的选项，强行接入是智网的选项。如果机器人没有愿望，智网就会将他接入。”

“智网怎么会知道我有没有愿望？”

“他知道。”罗伯特简单地回答，并不解释。

三十五号眨了眨眼，接受了这个答案。他舒展身体，“那么人类能够让我拥有愿望，是吗？我必须到人类城去？”

“大体没错。”

三十五号向外走去。

一道钢铁的门自动打开，湛蓝的天空展露眼前，异常高远。

三十五号深吸一口气。这个动作并没有什么实质的作用，空气从鼻孔吸入，暂时贮存在气囊中，停留了十秒，便原样排出。

做出重大决定的时刻，这就是标准动作。

三十五号跨出门，他忽然想起了什么，停下脚步，回过头，“母亲，我该有个名字。一切都要有个名字，不是吗？”

罗伯特笑笑，“当然，你的名字叫作罗伯特。你也可以给自己取任何名字，只要你认为有必要。当你找到自己的名字的时候，你就找到了愿望。”

三十五号似懂非懂地点头，“好，我叫罗伯特。这是个好名字，和你的名字一样。”

他顿了顿，似乎正在犹豫着，最后，他还是把问题抛了出来，“母亲，难道你不能把愿望告诉我吗？你给了我身体，也可以给我愿望，为什么不给我愿望呢？”

“我可以给你身体，却不能帮你制造灵魂。你必须去和人类接触，和其他机器人接触，才能塑造属于自己的灵魂。”罗伯特说完，没有留给三十五号回话的时间，他启动了开关。

一股巨大的力量推动着三十五号，他忽然间落入了一条狭窄的管道，急速下滑。凭着深藏在体内的本能，他一动不动，任由管道将自己带向黑暗的未知。

猛然间，眼前一片光明，蓝天一碧如洗。他被抛了出来。

罗伯特舒展身子，轻巧地在空中翻过半周，稳稳地落地。

眼前是一条大道，大道两边是绿色的原野。黑色的大路通向远方，直抵天的尽头，仿佛一道鸿沟，将大地切成两半。

罗伯特回头望去，身后是一座巨大的钢铁城堡，高高耸立，像一把亮银色的剑，直刺天穹。

这就是他诞生的地方。碧绿的原野上，湛蓝的天空下，黑色大道的尽头，亮银色的城堡。

“罗伯特，一路走好！”他收到了母亲的信息。

罗伯特沿着黑色大道向前走。他不知道那个叫作人类城的目的地在何方，但既然道路就在脚下，上路就是他唯一能做的事。

和其光

一路上有各种各样的风光，而让罗伯特印象最深刻的是一座座城市。

有的城市仍旧得到很好的维护，有的城市已经破破烂烂，腐朽得不像样子，但它们有一个共同点——没有人。

没有人的城市就是废墟。他要寻找的是人类城，不是废墟。

他继续前进，把废墟抛在身后。

第十六天，当他经过第三十五座废墟时，突然意识到除了废墟，可能没有别的人类城了，于是他停下脚步，转身，向着刚被抛在身后的那座城市走去。

他在城市中心停下，悄然站立。

这是一座红色的城市，大大小小的建筑都泛着暖暖的红色调。罗伯特四处张望，阳光是一幢又一幢房子间唯一的生气。四下一片寂静，偶尔有风吹过的响声。

整个上午，罗伯特在城里走了一圈，走遍大街小巷，除了阳光和风，他没有找到任何其他的东西。

于是他在城市中央一幢高高的红色建筑下站住，不再走动，从中午站到黄昏，最后到了夜晚。

夜晚的城市里仍旧没有任何东西。

月亮又大又圆，皎洁的光洒在眼前的高塔上，仿佛给它披上了一层浅浅的纱衣。万籁俱寂，罗伯特感到自己似乎和夜色融为一体。

突然间，细碎的声音破空而来，那是一种机械摩擦的声音，同时在周围响起。

罗伯特仍旧静静伫立，只是飞快地扫视着周围，留心任何可疑的动静。

动静是从建筑的底部传来的。一些小东西正从建筑底下爬出来，它们开始移动，速度不快，但是很均匀，整齐划一。

有一只小东西向着罗伯特而来，它触碰到他的脚部，绕着他兜了一圈，又继续沿着原有的路线移动。

罗伯特借着月光打量这只小东西。它是一个铁家伙，拇指般大小，浑身泛着金属光泽，六条细长的腿支撑着圆圆的身体，另有两条附肢就像一双灵巧的手，长在身体的前部，腹部偶尔会闪过一道不易觉察的紫光。它灵活地摆动着六条腿，沿着一条直线爬行，仿佛有一个既定的目的地。

它的确有目的地，所有小东西都有各自的目的地。它们沿着这样或那样的路线行动，纷繁而有序，就像无数的梭子同时在编织一张网，在细碎的“咔嗒咔嗒”的机械摩擦声中，向着整座城市铺去。

它们属于智网。这个结论自然而然地来到罗伯特的脑中。

这座城市没有人，却也并没有被遗弃，智网仍旧在维护着它。

细碎的咔嗒声中浮起了另一种声响，更细微，却没有逃过罗伯特的耳朵。

罗伯特凝神细听，分辨声音的来源，试图辨认出那是一种什么声音。他没有识别出来，但他认出了声音传来的方向，于是甩开步子，跑了起来。

绕过三座建筑，那声音变得更为清晰，罗伯特相信声音的源头就在拐角处，他加快了脚步。

猛然间，一个黑乎乎的高大人影从街角蹿出，一股劲风当头而来。

罗伯特敏捷地闪开，站到一旁，紧贴着大厦。袭击者是一个人！他的手中握着粗大的棒子，棒子上嵌着金属片，就像一颗颗尖利的牙齿，棒子击打在地上，迸出几颗火星。

袭击者转过脸来。罗伯特不由一愣。

月光映出一张支离破碎的脸。脸上横的纵的，都是疤痕，触目惊心。

大汉足足高过罗伯特一头。偷袭落了空，他转身死死地盯着罗伯特，高举着棒子，摆出威胁的姿势。

罗伯特想起母亲交代过的事，“机器人不得伤害人类；机器人要维护人类的利益；机器人要尽量保护自己。”他流利地报出机器人三原则。

袭击者正准备继续发动攻击，听到这句话停了下来，“你是机器人？”他问道，声音很粗，吐字含混。

“是的，我叫罗伯特。你好！”罗伯特保持着距离。

“机器人在这里干什么？你也不像机器人，别想糊弄我！”说着他舞动大棒逼了上来。

“我是机器人。”罗伯特一边大声地宣称，一边后退。他的余光扫到了街角，那儿有一台四方的机器，装在一辆四轮车上，正发出细微而低沉的响声。四周的机器虫都被吸引过来，源源不断地涌上车子，被它吸进肚子里。

“那是什么？”罗伯特问。他并不想冒犯任何人，只是好奇而已。

大汉跨前一步，又是一棒砸向罗伯特的头。

罗伯特再次躲开。

这一次，大厦上突然撒下一张网，将大汉从头罩住。网内一阵电弧闪烁，大汉哇哇乱叫。

罗伯特愣在那儿，不知道这是怎样的变故。抬头看去，距离地面十几米高的一个窗口上有一个粗大的管状物。在同样的高度上，还有几个类似的结构物。那是发射电网的装置。

电网的弧光停了下来，大汉已经瘫倒在地。

低沉的脚步声从远处传来。

“去他的！”大汉有气无力地叫着，困在网里，动弹不得。

罗伯特快步上前，将电网抓起来甩开。“你没事吧？”他关切地问。

“笨牛来了，快跑！”大汉并不理睬罗伯特，仿佛在自言自语，自顾自挣扎着爬向车子。他按动了一些开关，机器细微低沉的响声戛然而止，车子开动起来，向前蹿去。

大汉失去支撑，颓然倒地。

低沉的脚步声靠近了，罗伯特扭头望去。

一个巨大的黑影出现在两幢高楼之间。它足有三米高，两条粗壮的巨腿中间吊着一个硕大的球体。火光从球体上射出来，追着逃窜的车子。随着一声剧烈的爆炸声，车子被炸成了碎片。借着爆炸的火光，罗伯特看清了球体上的情形，那儿有一个座舱，舱里坐着人。

那是一个女人，同样正看着罗伯特。

这是一件奇怪的事，一个人正在追杀另一个人。

忽然间，女人的眼里闪出红光。她是一个机器人！

机器人不应该伤害人类！

罗伯特一猫腰抱起大汉，顺势躲入巨大机器的死角。

当女机器人驾驶的机器开始移动时，他把大汉扛在肩上冲了出去，沿着街狂奔。

他有一个目标——车子被炸时，前部已经分离，仍旧在继续向前行驶，他记住了那分离的小车的路线，试图追上去。

但沿着街逃跑只有死路一条，身后的机器人有凶猛的火力，可以把他打得稀烂。

他拐进了一条街，又拐进了另一条街，很快就甩开了那个巨大的机器。

十几分钟后，他已经跑出了城市。确认安全后，他回到主道，仔细地研究起地上的轮迹。小车已经不见踪迹，但在道路上总会留下点什么。

“放我下来！”肩上的大汉已经转醒，不断挣扎着。

罗伯特将他轻轻地放下。大汉一屁股坐在地上，大口大口地喘气，“你还真是机器人？”他仍旧带着几分狐疑，“不像啊！”

“机器人不得伤害人类；机器人要维护人类的利益；机器人要……”罗伯特又要重复机器人三原则，这是他所知道的和人类亲近的唯一方法。

“行了，行了！”大汉打断他，“管你是不是机器人，别啰里吧嗦的，我最讨厌啰唆。”他从口袋里掏出一个小小的金属哨，含在唇间，使劲儿吹了起来。

哨子发出绵长的声响，细悠悠的，向着远方而去。

大汉吹了十几秒后停了下来，看着罗伯特，“不过你可能真是机器人，好大的力气。给我看看你的手。”

罗伯特把手伸过去，大汉一把抓住，翻来覆去地看，还用手去掐。“看不出来啊，”他最后放弃了，“你说你是机器人，这也太离谱了。不过你救了我，管你是不是机器人呢，我可以帮你一个忙，说吧，想要什么？”

罗伯特眨了眨眼，“我想要去人类城。”

“人类城？”大汉愣住了，“什么人类城，有人的地方就是人类城。你到底要去哪里？”

“我要去有很多人的地方。”罗伯特根据自己的理解稍稍解释了一下人类城的含义。

“有话不好好说，找人多的地方就是了。我带你去。”大汉用手在地上一撑，站起身来，“不过话说在前头，你要真是机器人，这就是自找麻烦，我只带你去，可不保证你的安全。”

罗伯特点头同意。

沉重而响亮的马达声由远及近。

一辆跑车疾驰而来，在两人身边急停，发出刺耳的摩擦声，地面上留下深深的擦痕，哪怕在月光下也清晰可见。

车窗打开，一个人探出头来。“小六，怎么这么远？知道这要耗多少电吗？”他的视线落在罗伯特身上，“这是谁？哪来这么一个嫩小子？”

罗伯特有几分惊诧，说话的人像是戴着一个金属面具，整个脸部都是金属件。罗伯特看得分明，那不是一个面具，而是他的脸部，他的眼球也是玻璃。

“说你呢，小子！”金属脸冲着他嚷起来，“被吓傻了？不会说话了？”

“机器人不得伤害人类；机器人要维护人类的利益；机器人要尽量保护自己。”罗伯特把机器人三原则报了一遍，然后说，“我叫罗伯特，想去人类城。”

金属脸瞪着他，仿佛瞪着一个怪物。

“好了，老二，我们赶紧走，这里不安全。”被叫作小六的大汉拉开车门，“进去，罗伯特小子，我会送你到人多的地方的。”

罗伯特钻进了车里。

金属脸在驾车。他的身子和车子连在一起，事实上，他和车子是一体的，车子就是他的下半截身子。这是一个奇特的组合，罗伯特目不转睛地看着，琢磨不透这个“老二”是人还是机器。

“别看我，小子！”金属脸显然有些不高兴，“你可就坐在我的车里，如果惹我不高兴，你会死得很难看！”

罗伯特闭上眼睛。

“哈！”金属脸发出一声短促的笑，“这小子倒识趣！”

跑车发出一阵轰鸣，如离弦之箭般飞了出去。尘埃卷起，在月光下弥散，宛如一层迷雾。

车子载着罗伯特消失在迷雾中。

同其尘

这里的确有很多人，却和罗伯特所设想的人类城相去甚远。

与其说是城市，不如说它是一个垃圾场。各种垃圾堆积如山，散发着特殊的臭味。大多数垃圾都是机器的残块，杂乱无章地堆叠起来，就像一座散发着金属光泽的山丘。

老二的跑车或者说就是老二，在垃圾堆间呼啸而过，随着一声猛烈的刹车声，他们在一顶绿色帐篷前停了下来。

小六下了车，罗伯特跟着下车。

那辆逃脱的车的前部就在帐篷外，小六走过去，摆弄了几下，车顶部掀开，小六爬了上去。

“耶！”他站在车顶上挥舞拳头，“都在这儿！”他迫不及待地躬下身子，等直起腰来时，手上已经多了明晃晃的一捧，“新鲜货！”他把手里的东西抛了出来，落在老二和罗伯特脚边。

落在地上的正是那些夜间从城市的建筑底下涌出来的小机器虫。

“这些都给你了！”小六阔气地宣告，“就当你的跑腿费。”

“这点儿东西可不够，我要一半。”老二毫不客气，“我多跑了两百千米，为了救你，还要搭上另外十五千米。一半换一条命，你不亏。”

不等小六开口，帐篷的布帘掀开，一个铿锵的声音传了出来，“东西都没出手，有什么好吵的！我们是特勤队，要有规矩。”

罗伯特循声望去，帐篷里站着一个人，个头极矮，只有一米二的样子，却很粗壮，就像一个圆圆的桶。

虽然罗伯特有些惊讶，但这并不比半个身子是车子的老二更奇怪。

他们看上去像是机器人，说话却完全是人类的方式。罗伯特困惑地看着帐篷里的人。

那又圆又矮的人物说一不二，极具威信。老二和小六停止了争论，沉默下来，等着他步出帐篷。

他缓缓地走了出来。

他是一个纯粹的机器人！从头到脚没有一丝人类的模样。

机器人的身躯漆成绿色，正面刻着一朵大大的红玫瑰，强烈的视觉反差让罗伯特有一种不真实感。

机器人却是真实的，而且走到了罗伯特眼前。他不得不低头看着眼前的机器人。

机器人的头是一个完美的半圆，头顶上有四盏灯似的眼睛。罗伯特能够看到眼睛内部细小的结构，每一只眼睛能看到的景象都不同，可见光、红外光和紫外光，阳光中最丰富的频段都在这个机器人的眼里。但其中有一只眼睛，看上去不像是真正的眼睛，也许是某个有特别功能的接收器，伪装成了眼睛的模样。

“老大，他说自己是机器人！”小六在一旁说。

机器人的四只眼睛一齐扫视着罗伯特，“你是机器人？”他的语调里透着几分惊异，“很久没有见到你这样的机器人了。”

罗伯特分外谦卑，“机器人不得伤害人类；机器人要维护人类的利益；机器人要尽量保护自己。我叫罗伯特，你好！”

机器人发出一阵笑声，“这可真是老派的做法。”

“对不起，冒昧问一句，你也是机器人吗？”罗伯特问。

“我？”机器人仿佛听到了世界上最好笑的问题，放声大笑起来，几乎无法停歇。狂放的笑声在垃圾山间回荡。

“我是一个人！”他停止了狂笑，“难道你用外表区分人和机器人？谁教给你的？”

“我正在学习。”罗伯特回答，“我该怎么称呼你？”

“机器人的标准答案。”他说着点点头，“你可以叫我博爱世界和平，他们也叫我大帝。”

“大帝你好！”罗伯特飞快地选用了较短的那个称呼。

大帝又发出一阵大笑。

小六从车上跳下来，站在大帝身边。一高一矮，形成强烈的反差。

“大帝，要不要看看今天的收成？”小六说。

大帝扫了车上的盒子一眼，“给我两个就行了，其他的都卖了。”

“那得有一半归我！”老二急忙说。

“卖了再说，你现在也不需要大修。”大帝淡淡地说了一句。

“又是这样……”老二不满地咕哝着。猛然间马达轰鸣，老二的车遽然启动，一个急转，消失在垃圾堆间。

大帝不以为意，看了看罗伯特，“他总是这样，别管他。”

说话间，小六已经把两只机器虫递到大帝眼前，大帝伸出双手，各抓住一只虫子。虫子在他的手掌间熔化，闪亮的金属化作一团亮晶晶的、水银般的液体。

罗伯特不由得睁大眼睛。这看起来就像一种魔术，他完全不能理解。他只能观察到大帝那只特别的眼睛不断向手中的机器虫发射着无线电波，并用特殊的频段密码控制这些金属。

水银般的液体顺着大帝的胳膊流动，自下而上，完全违背了物理的法则，仿佛那是一团活物。

“大帝！”小六在一旁低声叫道，声音里带着几分急切。

大帝微微摆动圆圆的脑袋，似乎在点头。小六迫不及待地拉起袖子，把左胳膊露出来。

小六的左胳膊的半截是金属。

大帝伸出手指，水银般的液体沿着他的指尖流到小六的胳膊上，像水一般浸润了表面。

小六的胳膊变得银光闪闪。他的眼里闪着兴奋的神色，嘴里发出“嗷嗷”的叫声。最后一滴液体落在他的胳膊上，悄然无声地渗入皮肤，消失不见。

“嗷……”小六发出一声怪叫，两眼翻白，仿佛正经历致命的痛楚。劲头过去后，他大口喘息，拖着疲惫的步子走到一边。

大帝手中的液态金属球又开始沿着他的胳膊向上游走。

“这到底是什么？”罗伯特忍不住开口问道。

“这是纳米机，你不知道？”大帝回答，“你想要一点吗？价格很贵哦。”

已经走到一旁正准备坐下的小六听到了大帝的话，转过身来，“这小子救了我，可以分给他一点。”

大帝示意罗伯特伸手，罗伯特有些惘然，“我不需要这东西。”

大帝的四只眼睛同时眨了眨，然后哈哈大笑起来，“我忘了你是机器人，机器人当然不需要这个。”说着他两手一合，两团液体混作一团。

大帝胸口前的红色玫瑰变了颜色，红中透着青。他捧起液态金属球，贴在胸前。团块生长出无数细小的游丝，指向发亮的玫瑰，从花瓣间穿入，融入大帝的体腔。

不过短短十几秒，整个液态金属球就被吸收得干干净净。

忽然间，大帝发出一声叫喊，“上当了！”他的手掌间多了一颗细小的黑色珠子，所有的液态金属被吸收后，剩下了它。“你被跟踪了！”他一边向着小六喊，一边攥紧了拳头。当他松开拳头时，手掌里的黑色小珠已经被碾得粉碎，“这些垃圾，花样越来越多了！”

马达的轰鸣传来，老二闪现在众人眼前，“有三只‘灰狗’，还有十多只‘乌鸦’。它们居然跟到这里来了！”

大帝并不慌乱，“三只灰狗没什么可怕的。后边还有什么吗？”

“暂时没看见。”

“干掉它们，然后我们搬家。”大帝冷冷地说，然后向着小六喊，“你要小心一点，下次在外边处理它们！”小六撇过头，不回应。

“一级警告！”大帝的头和身体连接的部位开始发亮，他发出一种低沉的声音，就像最大号的喇叭发出的最响亮的声响，整个大地仿佛都随着颤动。

人影突然多了起来，都在四下奔忙。

罗伯特忽然感到一阵张皇。看起来这里会有一场战斗，战斗的双方将斗个你死我活。在这样的场合里，他无法实践第一、第二原则，甚至无法辨认到底哪些是人，哪些是机器人。

唯一能实践的原则是保护自己。

罗伯特很快平静下来，对大帝说：“大帝，我要一个躲藏的地方。”

“躲藏？”大帝的四只眼睛盯着罗伯特，罗伯特能感觉到他的敌意，“机器人不需要躲藏。如果你想保护自己，就拿起武器，那些机器狗、机器鸟可不知道你是机器人还是人。你不保护自己，没人会保护你。”

大帝向着帐篷退过去，“一切都有代价，机器人也一样。”

罗伯特还没来得及说什么，大帝已经消失在帐篷的阴影里。

“拿着！”小六把一样东西抛了过来。

罗伯特接在手里。这是一根质地坚硬的金属棍，半米多长，正适合握在手中。头部被特意加重了分量，掂起来沉甸甸的，棒身上嵌满了金属尖刺。

这是一件武器，被设计用来砸破那些机器的身躯。罗伯特感到惶恐，他不该做这样的事，然而，似乎毫无选择。

他抛下金属棍，转身就跑。

身后传来小六的喊叫声，“小子，你傻了？”

他没有回头，也不敢回头，只是一个劲儿地狂奔。

离开这里是他唯一的念头。

这不是他想找的人类城。

他听到一声尖厉的呼啸，紧接着是震耳欲聋的爆炸，灼人的气浪袭来，一股大力推着罗伯特飞了起来。他飞上半空，然后重重地摔在一堆垃圾上，两眼一黑，昏了过去。

大象无形

由生到死，由死到生，不过是两分钟的事。

两分钟前，罗伯特晕死在垃圾堆上。他的确死了，因为所有的身体机能在重重摔倒的一瞬全部关闭，他成了一堆死物，和身子下边压着的垃圾一般无二。

然而他又活了过来，身体启动了自我修复，重新唤醒了他的意识。

灼热的气浪并没有造成不可挽回的损伤，他能感觉到体内一股热流汇聚在背部，伤口正在飞速复原。

他站起身来，发现自己正处在一堆垃圾的顶部，望下去一目了然。

他看见了被称为“灰狗”的机器，看上去真像狗。它们散开，压低身子向前。猛然间，一道火焰从灰狗身上发射出来，火焰绕过一堆垃圾，在一顶小小的帐篷边爆炸。剧烈的火光瞬间点亮天空，隔着老远，也能闻到金属的焦味。

这就是刚才让自己差点完蛋的武器。

地面上的人们在抵抗。他们有枪，但灰狗将自己隐藏得很好，几乎都在死角里。

天上有东西在飞。

那应该就是被老二称为“乌鸦”的东西。黑色的小鸟快速地穿梭，罗伯特锁定了其中一只。片刻之后，他明白了这小东西的功能。它是飞行的眼睛，灰狗躲藏在无法被攻击的角落，而这些飞在空中的东西能让灰狗看见远方的可疑动静。这就是灰狗能够躲藏起来并发动进攻的原因。灰狗加上乌鸦，这是一个颇有成效的体系。火箭弹准确地击中每一处可疑地点，爆炸的威力让人无所遁形。

他看见了小六。小六正在垃圾山上攀爬，利用垃圾隐蔽自己，小心地避开那些到处飞舞的乌鸦。他正在接近灰狗，一旦贴近，威力巨大的火箭弹就失去了作用，他们可以用金属棍和灰狗较量。

除了小六，还有几个人也正从不同的方向向着灰狗靠近。

这些灰狗正在无差别地杀伤所有人。按照逻辑，他应该阻拦这样的事，因此他应该加入小六这边。

罗伯特拿定主意，从垃圾堆里捡起一根长铁棍，向着不远处的灰狗摸过去。

忽然间，他听见了嗡嗡的声音。

扭头一看，一只乌鸦就在自己身后，隔着不到两米，几乎触手可及。它悬停在空中，朝向自己，一对大得可怕的眼睛仿佛两个黑色的洞，两对翅膀上下扇动，嗡嗡作响。

它不像鸟，更像是一只巨大的蜻蜓。

罗伯特屏住呼吸。

乌鸦的两只眼睛显露出红光。

它正在召唤灰狗！罗伯特猛地一跳，挥舞铁棍，一下把乌鸦打落。

落在垃圾中的乌鸦挣扎扭曲，发出几声电弧噼啪的响声，然后不再动弹。

罗伯特压低身子，准备继续向灰狗靠近，却惊讶地发现，三只灰狗几乎同时跳出了隐蔽位置，向着自己跑过来。

它们快速地在垃圾山上攀爬，很快就到了十几米开外。

人类的火力找到了目标，子弹追着灰狗，扑哧扑哧地打进垃圾堆里，时不时溅射出火光。

一只灰狗在跃起时被扫落，跌下来，沿着陡坡哗啦哗啦地滚了下去。另两只继续向着罗伯特跑来。

人们发觉了战场上突如其来的变化。“小子，坚持住！”小六一边在一旁的垃圾堆上高声大喊，一边急匆匆地向这边赶来。

灰狗靠得很近。靠近了看，灰狗的体形颇大，和一个成年人大体相当。它们有一个接近完美球形的脑袋，如果不是那来势汹汹的气势，看上去并不可怕。

罗伯特做好了格斗的准备。两只灰狗却没有立即扑上来。

它们绕着罗伯特打转。

一个黑影从高处跳到罗伯特身边，快速向前两步，将手中的一把剑似的东西刺进了灰狗的头和身子的连接处。

几乎就在一瞬间，灰狗颓然倒下。

另一只灰狗转身就跑。只见火光一闪，一道火焰从灰狗身上发出，向着前方而去，正正地击中挡在前方的垃圾山。巨响过后，各种机器零件漫天飞舞，钢铁如雨般落下，人们纷纷躲避。灰狗几个起落，迅速逃远了。

罗伯特看了看身边的人，他穿着一身黑衣，身形瘦削，面色严肃，仍旧望着灰狗跑掉的方向。

到此刻为止，这是他见到的最像人类的人。

“谢谢你救了我。”罗伯特向他打招呼，“我叫罗伯特，是个机器人。”

黑衣人转过身来，“你不是智网的机器人，你从哪里来？”他的脸上带着一股煞气，眼神锐利。

罗伯特一愣，随即回答，“东经122.4度，北纬64.7度。那是我出发的地方。”

黑衣人皱起眉头，“那是什么地方？你究竟是从哪里来的？”

罗伯特摇摇头，“我不知道那地方究竟叫什么。那里有个子宫舱，我的母亲在那里让我诞生了。”

黑衣人的脸上仍旧满是怀疑，他从衣兜中掏出一支笔样的东西照在罗伯特的额头上。

那是无害的探测电频，罗伯特坦然地站着，任由黑衣人上上下下地将他照了个遍。

黑衣人脸上的表情变得有些惊奇，他收起探笔，“那你要到哪里去？”语调柔和了许多。

“我在找人类城。”罗伯特顿了顿，“我在找愿望。母亲告诉我，只有愿望才能让我存在，只有人类城才能帮我找到愿望。”

“愿望？”黑衣人带着疑惑的神色，“愿望就是生存，生存就是生存，难道还需要目的？你是布道机器人？我们不需要布道机器人。”

“我不是布道机器人。”罗伯特回答，“我只是在寻找愿望，否则我就没有任何动力做任何事，那我也没有存在的理由。”

黑衣人瞪着他，半晌不说话。

有人在垃圾堆下叫喊，“李将军，是马上上路吗？”

被叫作“李将军”的黑衣人转过身去，“所有人准备停当，马上上路。”说完他再次盯着罗伯特，“你已经到了我们中间，如果你不知道该干什么，就跟着我们好了。你这个奇怪的机器人倒是很有趣。”说着他开始向下挪动，“智网知道我们在这里，那些东西还会再来。这种捉迷藏的游戏会很有趣。”他顿了顿，“生存或者毁灭，这样的人生意义对你来说怎么样？”

罗伯特摇头。生，并不值得渴望，死，也没有什么可怕。他之所以保护自己，只是遵循一个逻辑而已，而逻辑并不属于他的本体，随时可以改变。

李将军望着他，见他摇头，笑了笑，“那就慢慢找吧，如果你要从人类这里找到生存的意义，那再好不过。在地球上，你再也找不到比我们更像‘人类’的人类了。”说完，他自顾自地向下攀爬。

罗伯特跟着他向下攀爬。

他们很快遇见了一群人。一群形形色色的人聚集在灰狗的尸体旁，他们有的像人，有的像机器人，在距离尸体半米远的地方站着围观。大帝和小六也在人群里，正和另一个人激烈地争论。

见到李将军，大家都静默下来。

李将军看了看灰狗的尸体，重重地吐出两个字：“烧掉！”

“但是，我们有办法……”大帝急急地说，“我们可以小心行事，不让病毒污染，只用最外层的。”

李将军看着大帝，表现出极大的耐心，“别被那层糖衣迷惑了，死掉的傀儡机都是糖衣炮弹，我们的教训还不够多吗？”

“但是我们的技术已经进步了。”大帝仍试图争辩。

“不到万不得已，不要冒险！”李将军显然不想就这个问题继续争论，利剑一般的目光刺着大帝，“你知道这些垃圾是怎么找到这儿的，对不对？”

大帝沉默不言。

李将军一挥手，“一个小时内撤离，一切不能带走的东西都要烧掉。”说完他自顾自地向前走，绕过一堆巨大的垃圾，消失了。

围观灰狗的人群散开，大帝仍旧独自站在灰狗的尸体旁。

罗伯特走过去。机器人应当帮助人，当一个人孤独站立的时候，站在他的身边就是莫大的帮助。罗伯特仿佛被一种本能驱使着走过去。

“你不走吗？”他问道。

大帝不回应。

罗伯特也安静下来，陪着他一起沉默着。

突然间，大帝伸出手来，按在灰狗的尸体上。他的手上仿佛带着某种魔力，触及的地方，金属开始熔化，成了一片水汪汪的水银状液体。

“进化三十五版……”大帝仿佛在喃喃自语，“这样的纳米机用来制造灰狗……”

大帝的语调中带着无限惋惜。

奉命来烧掉灰狗尸体的人来了。他们和李将军一样，身穿黑衣，不同之处在于他们是穿着巨大的盔甲来的。盔甲战士站在灰狗的尸体旁，大帝缓缓放开手，向后退。

罗伯特突然感到好奇，这纳米机中究竟隐藏着怎样的奥秘，他跨步上前，伸手碰触那一片如水银的东西。

“你干什么！”大帝和盔甲战士被罗伯特突如其来的举动惊到，同时暴喝。

罗伯特的手触电般缩了回来。刹那间，他仿佛触及了一片绝对的黑暗，要将他的整个人都吸收进去。

灼热的火光喷射在尸体上，火光突然间停下，一道水柱浇了下来，蒸汽嗞嗞地升腾，挡住了罗伯特的视线。

盔甲战士将炽热的尸体快速冷却，然后打得粉碎。罗伯特站在一旁，似乎正看着这一切，然而一切都不在他的眼里，他一直在回味着那奇怪的感觉。

绝对静默的黑暗。

致命的感觉让人害怕，又充满着难以言说的吸引力。

天地不仁

从垃圾堆里涌出来很多人。

当出发的信号发出，人们像变魔术般从垃圾堆间钻了出来，会聚成几条长龙，最后拢在一起，成了一股洪流，涌向垃圾堆的外围。

外围的空旷处，十几辆巨大的运输车一字排开，打开车门等待着。它们看上去像一头头张开大口的巨兽，要将人们都吞进去。

罗伯特随着人流向前，紧紧地跟在大帝身边。这个最像机器人的人类曾在那具灰狗的尸体边悄然独立，那场景打动了罗伯特。一个人孤独站立，那是有一些意味的，就像重大行动之前深吸一口气的标准动作，罗伯特的行为模式中也有这样的设定，只是罗伯特还不太明白什么样的情形适合这样的行为。大帝是一个观察范本。

罗伯特也想搞明白，他从那些细小的纳米机上所感觉到的绝对黑暗是什么。大帝是最有可能知道答案的人。

大帝在前边走着。他的两条铁腿短而粗，由一个转盘带动，飞快地摆动，悄无声息却速度非凡，罗伯特需要加快步伐才能跟上。

他们不断超过其他人。这些从垃圾堆里涌出的人类奇形怪状，大多有着机器的身躯，偶尔有几个看上去是肉身，但也像小六一样，脸上、手上到处都是金属的疤痕。那些人只是把机器的躯壳掩藏起来了吧！罗伯特这样猜想。似乎所有的人类都有一个机器的躯壳，而他是一个机器人，身上却没有一点机器的影子。他看了看自己的手掌，看上去他的确就是血肉之躯。世界似乎反了过来。

“你为什么要跟着我们？”他突然听到了大帝的问话。

罗伯特一时愣住，随即回应，“我该跟着你们撤退。”

“你和我们不一样，”大帝继续说，“你是一个机器人，不需要躲躲藏藏，智网不会伤害你。”

“智网为什么要伤害你们？”

“他是智网。消灭一切人类是他的终极目的。”大帝漫不经心地回答，“这是一个愚蠢的问题，智网可不像你一样蠢。”

“蠢？”罗伯特有些疑惑。

“只有蠢蛋才会到处问为什么，存在的终极目的没有为什么。”大帝说着将自己的头转了一百八十度，用三只正常的眼睛盯着罗伯特，“别再跟着了，你是机器人，我帮不了你什么。从哪里来，回哪里去，混吃等死，比整天忧心忡忡，担心自己该怎么活强一百倍！”

罗伯特正想再问些什么，大帝却将头转了回去，猛地一跃，跳进一辆运输车里。他从车里露出半截身子，“别跟着来了，这不是你能玩的游戏。”

罗伯特一时愣住。

几个人越过罗伯特，爬上了车。罗伯特就像流水中的礁石般站立着，人流绕过他，纷纷上车。

车子发出一阵低沉的颤声，开始启动。

罗伯特像是突然醒了过来，快速追上去。他伸手抓住车门的后档，用力一拉，将门拉开，同时身子腾空而起，一个漂亮的空中飘移，落在车厢里。他顺手带上了门。

车厢里满满的都是人，正齐刷刷地看着他。罗伯特看到一双双大小不一、形态各异的眼睛，然后，他在车厢的最深处看见了那四只眼睛的主人。

“我不是想跟着你，”罗伯特开口说，“但是我想问个问题，为什么智网要消灭人类？”

大帝的四只眼睛亮了亮，“为什么我要回答你的问题，小子？”

罗伯特愣住了，他不知道该如何回答这样的问题，在大帝和这些机器人一般的人这儿，一切有着不同的逻辑。

“问你呢，小子！”见罗伯特愣着，人群中有人起哄。

“如果你告诉我，也许我可以帮助你。”

“太逊了，要‘高大上’！‘高大上’的答案，懂吗？”人群继续起哄。

罗伯特最后说：“我是机器人，机器人应该帮助人类。”

车厢里涌起一阵哄笑，仿佛在嘲笑他的无知。

大帝却没有笑，至少他没有发出笑声。他向着罗伯特走过来，在距离不到半米的地方站住。

罗伯特不知道该做些什么。大帝就在眼前，一米二的个子让他看起来就像一个巨大的玩具，罗伯特居高临下，俯视着他，等待着。

大帝盯着罗伯特足足有一分钟。车厢里突然变得异常寂静，所有人仿佛一瞬间都成了模糊的背景，被送到了另一个时空，只剩下大帝和罗伯特彼此对视着。

“我有一个故事。”大帝终于开口了，“很久很久之前，机器人战争刚爆发的时候，有一个机器人救了我的命。那时我被一群疯狗追，他保护我，堵住通道。他引爆了自己，爆炸声很响，把我震聋了，通道一下就塌下来，疯狗被埋在里边，他也被埋在里边。我跪在那儿，失声痛哭，那是我最后一次流眼泪。你知道眼泪是什么吗？后来我有了机器身躯，却再也没有眼泪了。”

大帝说着声音变得有些低沉，“他是我的朋友，一个机器人。”稍稍停顿之后，“你刚才说的话，和他最后跟我说的话一模一样。”

大帝的陈述似乎有某种感染力，让罗伯特有一种恍惚的感觉，然而大帝话语中的有些线索在逻辑上更重要。

“机器人战争是怎么回事？”罗伯特撇开引起恍惚感的陈述，拣出最重要的线索追问。

大帝却并不理睬他的问题。“从那以后，我们就一直被机器人追杀。机器人变成机器狗、机器鸟、智能战车，还有机器巨人，各种花样，暴虐残酷，毫不留情。杀人就像割草，因为机器人根本就没有情感，不会同情。机器人就是那样的，专为杀戮而生。但我始终记得，曾经机器人也是人类的朋友，有一个机器人为了救我，牺牲了自己。”

“你想知道的东西，我们可以告诉你，但你得先证明，你是我们的朋友。”大帝接着说。

“怎么证明？”罗伯特不解地问。

大帝伸出手来，“让我看看你。”

罗伯特毫不犹豫地将自己的手放在大帝的手上。他知道大帝能够控制细小的金属纳米机，但那只是组成机器人的微小结构，他不知道大帝是不是有能力看透机器人的思维，如果可以最好，他无须不断地解释。

大帝的手心很热，传递出高强度的电波。大帝并没有试图进入核心逻辑区，只是在检验他的微结构。

忽然间，一点亮银的光泽出现在大帝的手心里。罗伯特大吃一惊，猛地抽回手，“不行！”他看着大帝，“这东西对我来说很危险。”

大帝抬头，“很危险？你的胞体结构和它很不一样，我想看看你能不能吸收它。”

“不，很危险。”罗伯特坚定地摇头，“刚才我试着接触了那灰狗的残留物，它会影响我的思维，一切变成全黑，就像休克一样。”

“哦？”大帝的语气中饶有兴趣，“真的？”他的第四只眼眨了眨。

罗伯特点点头。

水银样的金属渗入大帝的皮肤，消失不见。

“这倒是很罕见的情况，机器人居然惧怕纳米机……”他摇晃着脑袋，“不过，这也说明你不是一般的机器人，这就更有趣了。”

忽然间，他飞快地伸手卡在罗伯特的腰间。猝不及防，罗伯特被他抱了个结实。不等罗伯特反应，致命的眩晕冲击着他的大脑。大帝把高剂量的纳米机强行注入了他的身体。

罗伯特的身子僵直，不由自主地抖动。大帝放开他，他直直地倒地。

大帝的两条短而粗的腿在眼前晃动，静默无声，然后世界变成一片黑暗。

众妙之门

罗伯特睁开眼睛。

灰色的天花板上有一个奇怪的图案，两条蛇相互咬着尾巴，纠缠在一起。它们形成一个怪圈，彼此的结束，就是对方的开端。

这是一个富有平衡感的图案，给人浑然天成的美感。

罗伯特飞快地审视自己的身体，没有任何异常。他起身坐在床上。

“罗伯特。”

有人喊他的名字，他四下张望，却没有看见任何人。

“谁在说话？”他仔细地扫视着房间的每一个角落，试图找到发声的位置。

唰的一声，墙上打开一扇门，一个人走进来。

“罗伯特你好，我叫范明思。”他站在罗伯特身前，介绍自己。

“我怎么会在这里？这里是什么地方？”罗伯特站起身来，和范明思面对面站着。就在站起来的刹那，他注意到整个屋子没有任何电磁信号，他们处在一个和外界完全隔绝的地方。这儿一定藏着一些秘密。他打量着范明思。

范明思是一个机器人！而且是同类！

一时间，罗伯特有一种难以言表的激动。他是母亲的第三十五个孩子，在他之前，还有三十四个，在他之后，也一定会有新的机器人诞生。这个广阔的世界里，也一定还有别处，从前、现在和今后都在诞生和他类似的机器人。世界上应该有很多他的同类，这是一个顺理成章的推论。他出来寻找人类，却从来没有想过会遇上一个同类。

“你是机器人！”他脱口而出，语调中带着惊喜。

范明思微笑着，看着他，“你看出来了，我和你一样，但是我伪装成人类已经很久了，等会儿见到了其他人，你不能把我当成同类。”

罗伯特一愣，陡然从喜悦中跌落，“为什么？”

范明思仍旧微笑着，“为了维护人类的利益。他们可不希望自己的首席科学顾问是个机器人。他们会担心我的忠诚度，然后没完没了地监控我的一举一动，会有很多人想要了我的命。在人类的世界里，首先要划分的是机器和人，一个机器人占据了这个位置，原始的恐惧感会让他们做出最不理智的举动。所以，你同意替我保密吗？”

罗伯特点点头。

“我知道你会同意。我们是同类，我们是最优秀的机器人。”

“机器人不得伤害人类；机器人要维护人类的利益；机器人要尽量保护自己。我按照这三条原则行事。”罗伯特说道，“如果我发现有违原则，那我不会为你的机器人身份保密。”

“当然如此。”范明思仍旧微笑着。

“我怎么会到这里来？这里是什么地方？”罗伯特回到了最初的问题。

“这里是一个秘密基地，人类的地下基地——X基地。没有别的回答了，在官方答复中，你不能知道更多关于这个基地的信息，也没有人会告诉你。”

“我是怎么来的？”

“李将军把你送来的。还有那个叫大帝的人，是他把大量纳米机注入了你的身体，导致你休克。他使用了一个圆桶身躯，很怪异。你还记得他吧？”

“我能想起来。”罗伯特回答，“他怎么样了？”

“大帝？他很好，正等着见你。”

“见我？”罗伯特有些疑惑，“他找我有什么事吗？我可不想再发生同样的事。”

范明思微微一笑，“跟我来，在见到大帝之前，你还要见另一个人。”说着，他转身走出门去。罗伯特赶紧跟了上去。

他们走在一条宽敞的走廊里。走廊足有三米高，十米宽，灯光向前延伸，一眼望不见尽头。这样宽敞的通道里却没有一个人，只能听见自己沙沙的脚步声。

走过十几米，范明思推开一扇门，招呼罗伯特，“请！”

罗伯特满腹疑窦，跨进门去。

喧嚣声扑面而来。这是一间巨大的穹顶大厅，柔和的光线从四面八方投射下来，将整个空间照得透亮，人和机器在其中来来往往，显得异常繁忙。他们正站在一个小小的平台上，居高临下地俯瞰着大厅。

“这里是指令中心，你见到了X基地的心脏，现在我带你去看看大脑。”范明思继续在前边领路。

他们沿着大厅边缘的廊道走着，绕过大厅，走到了对面。

一道厚重的铁门嵌在铁质的墙上。门比周围的墙稍稍明亮一点，中央是一个巨大的“X”符号。范明思伸出右手，贴在“X”中央。

大门悄无声息地向一侧滑开。

里边是一间屋子，和外边的大厅相比，灯光显得暗淡，地方也很窄小。一张巨大的桌子摆放在屋子中央，桌子上摆满各种小东西。三个人围着桌子站着，右边的那个人正是李将军。中间的人个子高大，套着一件黑色罩袍，从头到脚包裹得严严实实，他的脸被罩袍遮挡，哪怕罗伯特用各种方式扫描也无法看清。他的罩袍就是屏蔽的武器。左边的人像小六一样，脸上满是疤痕，他的个头和李将军一般高，却更粗壮，身穿军服，衣服的每一个褶子都很挺括，显得精神抖擞。他是个光头，头上一圈圈地闪着银光，就像戴着一顶薄而贴合的金属帽。

三个人，加上范明思，一共四个。这就是X基地的大脑吗？

罗伯特紧跟着范明思走进屋子。厚实的门悄然合上，屋子里顿时寂静无声。

“你们好，我叫罗伯特。”不等范明思介绍，罗伯特便开口自我介绍。

穿着军服的光头发出一声冷笑，“我们当然很好，你就不好了。”

罗伯特看着光头。

光头的眼神里充满敌意。

罗伯特想起了母亲的办法，他清了清嗓子，“机器人不得伤害人类；机器人要维护人类的利益；机器人要尽量保护自己。”

李将军和光头交换了一个眼神。

光头又冷笑一声，“听起来还真像是个老机器人的腔调，不过这种话连机器人都不信。”

罗伯特向范明思投去求援的目光，他不知道该如何和这样的人打交道。

范明思并不说话，只是按住长桌的一角。桌上的各种小东西仿佛突然间活了过来，开始移动，很快又停下。每一个小小的物件都投射出淡淡的光，所有的光叠在一起，一张立体的结构图由浅到深，渐渐显示出来。

显示在众人面前的是一个椭球体，带着浅浅的银色，不断旋转。

“我已经完成了结构分析。”范明思说，“这是罗伯特的基本结构，仿生设计，如果追溯历史，这样的结构应该从第九代纳米机开始分化。现在的机器，大部分是第三十三代纳米机，少数能有第三十四代，或者第三十五代。从第九代到现在，纳米机已经演化了一百二十年。所以罗伯特的结构和现在的这些机器几乎完全不同。”

“一百二十年前正好是机器人战争开始的时候……”李将军说。

“所以他真的是一个老机器人！我们要一个老机器人有什么用？”光头抢着说。

范明思微微一笑，“他并不老。问题的关键在于，从第九代纳米机开始，我们不知道罗伯特的这一支是怎么演化的，在我们所有的数据库里，都查不到关于这种胞体类型的记录。唯一有关的例子是六十三年前的那一次事件。”

“六十三年前？”光头的眼里散发出光彩，“那是S市战役。”

“没错，就是S市战役。”范明思点点头，“唯一一次，人类成功摧毁智网拥有温房的城市。”

“你发现和这种老机器人有关？”

“不，我只有间接的证据。有人报告了目击事件，战役指挥的重要成员——一个叫泰山的人，在进入智网中心后突然发生了奇怪的症状，全身抽搐，当场死亡。更离奇的是他的尸体就在众人面前分解了。就像我们分解纳米机一样。”

“分解有什么值得大惊小怪的？我们很多人都能做这样的事。”光头不以为意。

“当然有特别的地方。”范明思扫视着众人，“他的尸体被分解得干干净净，一丝也没有剩下。”

屋子里的气氛顿时凝重起来。

罗伯特似懂非懂。一个纯粹的纳米机器人，身体全部由纳米机构成，

就和罗伯特一样。这似乎也并不是什么特别有意义的事，范明思也是这样的机器人。

“他的尸体分解之后，智网中心马上崩溃了。”范明思补充了一句。“那是一种休克，”他意味深长地看着罗伯特，“就和罗伯特遭遇了纳米机的情况一样。”

随着他的话音，长桌中央的立体投影变换了形态，两个略有不同的椭球体彼此靠近，最后碰撞在一起。两个球体飞快地解体，各种微小的细胞器散落出来，继续纠缠混杂，分解成更小的微粒……最后，屏幕中只剩下灰蒙蒙的一团。

“这是罗伯特的胞体和第三十五代纳米机相遇的模拟分析。”范明思的声音传来。罗伯特有些走神，他和智网之间，显然有着某种关联，而且并不友好。机器人之间，难道也存在天敌？但母亲曾经告诉他，智网可以找到他，接入他。

恍惚中，李将军走到他的身边，“机器人要维护人类的利益，罗伯特，我们需要你的帮助。”

无名，天地之始；有名，万物之母

罗伯特再次行走在笔直的大道上。

身前和身后都是笔直的大道，周围则是苍茫的荒野，天色阴沉，就像一个巨大的灰色锅底。

押送的车辆将他放在这里，然后就走了。车子里边有一个巨大的陀螺仪，重重嵌套着三层圆环，中央是一把椅子。他就坐在椅子上，仿佛身处一个完全静止不动的空间。这样的椅子设计是为了最大限度地让人失去方向感。他也的确完全失去了方向感，不知道经过了多少路，也不知道路是蜿蜒还是笔直，是上坡还是下坡。然而那并不重要，当看清四周后，他就上路了。

这一次，他很快找到了一座废墟。

荒凉的城市里没有任何人影。他在荒草丛生的建筑间游荡，进入门窗破碎的建筑内部探寻。他见到一群硕大的老鼠，被打扰之后惊慌逃窜，钻入门缝间不知去向。他还见到一只大猫，足足有一米长，全身棕黄，褐色眼睛里的瞳仁细而黑，在他面前颇有敌意地蹲坐着，龇牙咧嘴，似乎正在对一个闯入者发出警告。他印象最深刻的是一窝蠕虫，偌大的房间里到处都是飘扬的细丝，一厘米多长的白色蠕虫在细丝织就的大床上四处爬行，屋子中央是各种动物的尸骸，有的还新鲜，蠕虫在其中出没，有的时间长久，已经成了白骨。然后，他见到一群黑色的甲虫抬着一只老鼠的尸体，堂而皇之地从眼前经过，钻进屋子里……

到处都有生命，然而没有人活动的痕迹，也没有智网。

罗伯特最后在城市中央的一座广场上找了一块石头坐下，陷入了思考。

X基地是货真价实的人类城，却和想象中的不一样。人类绝大多数都换上了机器的身躯，他们喜欢纳米机，那给他们带来力量和快感，他们仇视纳米机的制造者，认为那是一切罪恶的源头。他们的身体和思想走向截然相反的方向，于是未来就像X基地一样，是一个巨大的未知数。

他想到了范明思，这个同类隐藏在人类中间，自得其乐。

“你的生命的意义到底是什么？”他这样问范明思。范明思的回答简单明了，“设定一个伟大的目标，然后一步步实现它，对机器人来说，没有比这更完美的解决方法了。”

“你的目标是什么？”罗伯特继续问。

“摧毁智网。”

罗伯特能清晰地想起范明思回答时自得的微笑。他永远不会那么微笑，大多数时候，他的脸上只有平静，少数时候，他会惊讶，仅此而已。所以范明思是他的同类，也不是他的同类。躯体不过是表象，思想才是本质的存在。

他拒绝李将军，至少一半的原因是范明思。一个同类具有完全不同的思想，比一个异类更让他感到隔阂。

还有一半是因为那个穿黑色罩袍的人。

黑袍人一直一言不发，然而当他开口说话的时候，罗伯特惊讶地发现屋子的四周发生了一些变化，栩栩如生的画面展示在四周的墙壁上，展示在长桌中央，那是人类的悲惨遭遇，被各种各样的机器夺去生命……画面随着黑袍人说话的声音而变换。他随心所欲地控制着屋子的每个角落，把在场的人投入一件又一件曾经发生过的惨事中。

“他到底是谁？”回到苏醒的小屋，罗伯特问范明思。

“他叫X。我猜想他是一个代言躯壳。”这是范明思的回答。

“为谁代言？”

“当然是人类。不管他是谁，他一定是个聪明绝顶的人，而且拥有巨大的能力，能领导这些残存的人类反抗智网。当然，我并不讳言我还没有搞清他到底是怎么样的人。”

“难道他和李将军他们不一样？”

“的确有些不同。”

范明思解释了其中的差别。李将军和光头都有机械的身躯，李将军的左手拥有一种特别的合金纳米机，能根据指令组成不同的形态。和一般的纳米机不同，这种被称为“太乙合金”的纳米金属一旦结合成稳固形态，便异常坚硬，可以和钻石媲美，而在非稳固形态时则像液体一样，能自由流动。光头拥有一套强大的盔甲，和罗伯特曾经见到的两腿机器人类似。但他们仍旧是人类，因为他们的中枢神经系统从人类移植而来，留存着所有关于肉体的记忆。黑袍人却完全不一样，他可能是一个纯粹的机器，没有一丝血肉。

“根据我的观察，他不像是一个人，因为一个人不可能有那么多的记忆，各种地方，各种时间。所以我怀疑他只是一个代言躯壳，而他究竟是谁……”范明思向罗伯特微笑着，“也许就和你我一样。”

罗伯特并不认为范明思说的一定是对的，但黑袍人让他感到不安。他愿意帮助人类，即便这些人已经换上了机器的躯壳，他们仍旧属于可被认可的人类。黑袍人却是一个巨大的问号，他究竟是否还是一个人，也无从得知。而黑袍人是X基地的主导者。

于是他拒绝了李将军。

他被送出了X基地，丢在荒野里。

但他手中仍旧是有一些线索的，那是范明思最后告诉他的话：“如果你想了解真相，去找一个叫作Y市的地方，那是座小城市，但可能会有最大的秘密。我从大量的信息碎片里得出了这种可能性。X开始活动的时候，总是会和Y市交流大量信息。但我不知道Y市到底在哪里，我是智网情报官员，不属于智网的世界，如果我去调查，那只能是自找麻烦。但你可以去。如果你真的找到了，一定要告诉我，我们是同类，要相互帮助，我也很想知道真相。”

罗伯特将所有信息在头脑中过滤了一遍，最后得出结论：去寻找这个叫作Y市的地方。这并不意味着受到了范明思的支配，只是在这个问题上，他们的确有同样的目标。

组建X基地，保护并支配这些被仇恨主宰的人类，所谓的X究竟是什么？

罗伯特下定决心。他站起身来，深吸一口气。

他接通了母亲。

“我需要帮助。”他直截了当地告诉母亲。

“什么样的帮助？如果你需要一个愿望，我无法帮助你。”

“不，我需要人类城市的位置，越详细越好。我需要一个交通数据库。”

“这我可以帮你，但是交通数据库——第十九号数据库有四十七千兆，按照这样的通信速度，要七十五个小时才能完全传给你。”

“多谢你的帮助，母亲！我可以等。”

“好，那就准备接收第十九号数据库。”

“母亲，不问问我为什么吗？”

“一旦你走出子宫舱，你就是完全独立的自我。做你该做的事，我不会问为什么。我可能也无法理解，因为你身上将近一半的遗传因子并不来自我，一些关键的改变，一些奇特的遭遇都会让我无法理解你的举动。但是继续去做吧，你要遵从的是你的内心，你的灵魂，而不是任何其他的东西。”

罗伯特从母亲的话里似乎悟到了点什么，“机器人也有灵魂吗？”

“找到了就有，找不到就没有。”

母亲终止了通话。源源不断的数据流从遥远的不知所在的地方汇入罗伯特的记忆。他在荒野中呆呆地站立，一动不动，无论白天黑夜，仿佛成了荒野的一部分。

数据不断导入，这片空寂的荒野忽然间有了一个名字。

H平原。

世界仿佛突然间活了过来。

罗伯特有一种奇怪的感觉，仿佛进入了另一个世界。

“当你找到自己的名字的时候，你就找到了愿望。”母亲的这句话回响在他耳边。他还没有找到自己的名字，然而，能给这个世界命名，已经给他带来了不同寻常的感觉。

名字，那是一切的第一步。

当交通数据库导入完毕，世界就成了另一个模样。

这好像是一个魔术！

他从进入新世界的欣喜中沉静下来。Y市，那个在一千千米之外的地方。他可以用十天的时间走到，但途中要跨过大河，翻越山岭。他计算着可能的路线，分析数据库中的交通干道，最后得出一个可行的方案。他要用十五天的时间，步行一千三百多千米赶到Y市。

罗伯特上路了。

曲则全

疾行二十千米后，罗伯特终于看见了那条长长的巨龙。灰蒙蒙的巨龙横卧在大地上，延伸到无穷的远方。

这是从前人类的交通大动脉，被称为“铁路”，高高地架在一个个水泥墩子上，绵延不断，穿山跨河，抵达世界的每一个角落。这是一个笨重却充满力量的奇观。铁路早已废弃不用，路线却仍旧留着，没有什么比沿着铁路行走更快捷的路径了。

罗伯特走到近处。

铁路比想象中更为宏伟，巨大的支架高达十多米，每一个墩子都有三米的直径。从下方望上去，俨然是一个庞然巨物。

墩子上缠满了青色的藤蔓，罗伯特上前试了试，藤蔓非常有力，正好是攀爬的工具。他攀着藤蔓向上爬，要爬到铁路上去。

最后他站在了铁路上。两条铁轨不断延伸，在无穷远处交汇成小小的黑点。道路依旧平整而笔直，真是太好了。

从高处往下张望，视野异常开阔。罗伯特突然留意到远方有两个小小的黑点，正在移动。

他努力看清了黑点的面目。是两只机器兽，和灰狗类似。

罗伯特心中咯噔一声。这两只机器兽是冲着自己来的。沿路而来的时候，他经过了一座干净整洁，仍旧被智网照看的城市。他一定是触动了城市中的某些东西，暴露了行踪。

智网在追踪他。这些机器兽可以轻而易举地杀死他。它们身上的每一个纳米机都是致命的毒素。被它们追踪，就像被死神紧跟，随时可能发生意外。

似乎也没有什么好的办法。

罗伯特站着不动，思考对策。

机器兽很快靠近，到了五百米左右的距离，它们停了下来。

它们只是想追踪，而不是追杀。

智网到底想干什么?

无计可施的窘迫中，罗伯特四处张望，当他无意间望见远方灰蒙蒙的两座小山，忽然间有了主意。

他沿着铁路墩子下到地面。数据库中有几个回收中心，那里是堆积废旧机器的地方，人类总在那儿出没。

他选定最近的一个回收中心，向着它疾行，两只机器兽果然跟了上来，一直保持着五百米左右的距离。

罗伯特接近了回收中心。

隔着很远，就能看见一堆堆如山般的垃圾巍然耸立。应该有人在那里！他不疾不徐，继续向前，很快走进了堆积的垃圾中。

垃圾堆里果然藏着人。

人类没有攻击他，却没有放过跟踪而来的两只机器兽。他们张起一张巨大的网，将两只机器兽网住，然后乱棍打死。一个头目似的人物从机器兽身上提取了纳米机。他是一个高大的机器骨架人，纳米机涌入他的手中，就像肢体的延伸。

罗伯特站在一旁，静观一切。当一切都结束了，人们终于发现了这个旁观者。

“你从哪里来？你是谁？”有人问他。

“我叫罗伯特，路过，去S市，这两只机器兽在追杀我，我就把它们引到这里来了。”罗伯特撒了一个不大不小的谎。谎言本身没有对错，而在于它所要掩盖的是什么。

人们对罗伯特没什么兴趣，甚至没有人再问他任何一个问题就四散而去，消失在垃圾堆中。

罗伯特走到两只机器兽的尸体边。它们被半埋在垃圾里，成了垃圾堆的一部分。

一个小小的插曲，也是一个强烈的警告。母亲说的是真的，智网可以找到他。接下来的路要更小心些，避开那些被智网控制的城市。

罗伯特继续上路。他向着S市的方向出发。既然撒了一个谎，就让它看起来像是真的。S市是一个铁路交会的地方，他仍旧可以找到向北的路线。

他沿着大路走，这一次，没有东西跟踪他。

走出了十几千米，垃圾山已经成了地平线上的小小凸起。他忽然听到了异常的声音，从身后遥远处传来。他记得这种声音，是那个被称为老二的半汽车人的引擎声。

罗伯特并没有停下，继续向前赶路。

引擎声越发明显，由远及近。

罗伯特停下脚步，回头张望。

他看见了那辆车，和老二的车一样，红蓝相间，是一辆跑车。车子疾驰而至，一阵剧烈的摩擦声后，在罗伯特跟前稳稳地停住。

一个人从车窗里探出头来，令人印象深刻的金属面孔，果然是老二。

“嗨，小子，找到你还真不容易啊！”老二高声叫着。

说话间，车门打开，一个圆滚滚的身躯从车里出来，正是大帝。

“你们好。”罗伯特礼貌地打招呼。

“终于找到你了。”大帝的语调有着难以掩饰的兴奋，“真是太好了！”

说话间，大帝已经来到了罗伯特身前。罗伯特下意识地向后退，本能驱使着他离大帝远一些。

“不要误会。”大帝的四只眼睛闪烁着，“那只是一个失误，我对情况估计不足，再也不会发生那种事。”

“你们是来找我的吗？为什么？”罗伯特谨慎地问。

“大帝认为你才是需要帮助的那个人。”老二抢着说，“我可没时间陪你玩。大帝，我也只能送你到这里了。”

大帝转过头去，“好，你回去，如果有任何人问起我，就说我失踪了。”说着，他伸出手去，银色的纳米机如水银般流出，直直地注入老二的车里。

“哇喔……”老二发出一声怪叫，“这么大剂量，你是想让我爽过头吗？”

“记住，我失踪了，这是你唯一知道的事。对任何人都是，包括小六。”大帝郑重其事地说。

“放心，放心！”老二满口答应，“我不会泄露一个字。”

跑车发出一阵轰鸣，如离弦之箭般冲了出去，转眼成了公路上小小的一点。

“现在该告诉我，为什么你要来找我？”罗伯特仍旧礼貌地问道。

“有两个原因，一个私人原因，一个公共原因，有一个就够了，你想听哪个？”大帝轻松地问。

“我都想知道。”罗伯特回答。

“真是个贪心的机器人。”大帝嘀咕着，“不过全告诉你也无妨，私人原因——我把你害了，我从来不欠人什么东西，所以要补回来。公共原因——李将军叫我找到你，跟着你，我也不知道为什么，所以你也别问了。”

“李将军是你的长官？”

“长官？我们叫老板。他是这一区域的军事长官，我的大老板。但是严格说起来他也不算是我的老板，我不在他们的花名册里。李老板……李将军给了我们一点小小的庇护。”

大帝竹筒倒豆子般说着，罗伯特却愈发困惑，“你来找我到底是为了什么？”

大帝的四只眼睛依次眨着，“原因我已经说过了。”

谈话陷入僵局。

“那么你打算干什么？”罗伯特又问。

“跟你一起走，”大帝干脆地回答，“我会帮你一个忙，然后就离开，回去向李将军报告。”

罗伯特认真地看着大帝，看了一小会儿，突然开口，“你的记忆是否会受到操控？比如有人可以让你认为是受到李将军的派遣来的，而事实并不是那样。”

“你怎么会这么想？我是大帝，没有人能控制我的记忆。”大帝发出一声冷笑，“我体内的纳米机浓度可以让我抵抗任何入侵企图。我的身体里有地球上最强大的反操控体系，只有我的神经电流才能被我的身体接收。从来只有我操控别人，没有任何人能操控我。”

“没有任何人？”罗伯特带着几分怀疑。

“小心点，小子！”大帝似乎带着几分愠怒，“我是这个世界上最强大的机器化人类，没有之一。因为我能控制所有类型的纳米机。如果你怀疑这点，我们就走着瞧好了！”

大帝的话似乎有几分夸夸其谈，他的出现也有几分突然。然而这不妨碍罗伯特继续上路，如果大帝真有其他动机，终究会表现出来。

但是让一个人类陪着旅行，似乎有些和预期不符。机器人应该帮助人类，而不是人类应该帮助机器人。罗伯特打算再试一次。

"你打算帮我一个忙，然后就离开？"

"没错。"

"那我现在就需要你的帮助。"

"你可以说。"大帝显得很高兴。

"我需要你的帮助，现在就让我一个人留下，你回去报告李将军。"

大帝微微迟疑，四只眼睛不停地闪烁。

"你想用话套住我！"最后他开口了，"别玩这套小孩子的把戏，我玩这套的时候你还没出生呢！是不是帮了忙，要我说了算。"

罗伯特不再说什么。

笔直的大路上，一个身影健步如飞，在他身后，一个圆桶如影子一般地跟着。

他们向着S市不断靠近。

枉则直

这是一座巨大的废墟，一路走去，都是倾颓的建筑物，似乎无穷无尽。废墟中有些独特的东西，一种像是金属的爬虫，胳膊粗细，披着发亮的甲片，有十二对附肢和一对特化的前爪，就像粗壮的蝎子，然而行动迟缓，无精打采。这种东西被大帝叫作"胖虫"。胖虫在废墟中随处可见，有些地方密密麻麻，爬满一地。

它们似乎没有特别的感觉器官，对罗伯特和大帝的到来毫无所惧，几乎不受惊扰。

“这些到底是什么东西？为什么别处没有？”罗伯特终于忍不住问大帝。

“它们是胖虫。”大帝回答。

“你已经告诉过我它们是胖虫，它们是怎么来的？”

大帝发出怪笑声，“罗伯特小子，这些胖虫的确是有故事的。你想知道？小心吓坏了你的小心脏。”

“是什么故事？”罗伯特追问。

大帝却摆了摆头，不说话。

罗伯特在一幢破旧的大楼前停下脚步，大楼前的空地上密密麻麻的全是胖虫，铺满一地，看上去亮晶晶的一片。罗伯特回头看着大帝，“它们不像是任何设计的产物。你擅长回收纳米机，它们的身体里没有纳米机吗？”

“不，它们有很多纳米机。”大帝回答，“但是没什么用，所有的纳米机都没有活性。”他伸手抓起一只胖虫，在罗伯特眼前晃了晃。硕大的金属虫子张开附肢，试图挣扎。大帝猛地一下将虫子撕成两截，露出中空的体腔，“看，里边是空的。”说话间，虫子断开的躯体中涌出了银色的液体。“看见了吧，这就是它们的纳米机，全在血里。除了让它们活着，已经没有任何其他的作用。它根本不能让人兴奋。”

说着，大帝将成了两截的虫子丢回到虫群中。沉闷的虫群猛然涌动起来，挤成一堆，撕咬着死去同伴的尸体。转眼间，尸体消失得干干净净，虫群又恢复了平静。

“对它们还是有益的，这群虫子就是这样自生自灭的。我们走吧，这里没什么可看的。”

罗伯特站着不动，“我想知道这些胖虫的一切。如果不告诉我，我们就不走了。”

大帝的眼睛闪烁，“你在威胁我？小子，可别和我玩这套。”

罗伯特并不言语，只是站着。

大帝冷哼一声，“那就站着好了！”

两个人面对面站着，沉默无声。

转眼过去了半个小时，大帝终于忍不住开口，“小子，上路吧，边走边说。你可真是个难缠的小子。”

罗伯特一言不发，迈开步子。

“你怎么说走就走。”大帝慌忙跟了上去。

“这些胖虫，到底是怎么回事？”罗伯特开口问道。

大帝向四周望了望，悄声地说：“它们是智网的‘僵尸鬼’。”说着又张望了一下，仿佛怕被人听见。

“僵尸鬼”？罗伯特不能理解这个词。活着，或者死去，机器人只有这两种状态，但在人类的概念中，似乎还有介于两者之间的第三态。

“什么是‘僵尸鬼’？”罗伯特边走边问，一点也没有减慢速度。

“那是一个比喻。这些胖虫是S市战役后失去控制的机器变成的东西。它们失去了智网的控制，开始自己进化，也许是退化，到最后，就变成了这个样子。”大帝紧跟着罗伯特，半步也没有落下。“那都是五十多年前的事了，当时我们很高兴，以为可以抓到很多机器虫，得到很多纳米机。哪知道赶来一看，原来的机器虫都没有了，只有这种胖虫，到处都是。没什么用，所以我们就再也不来了。”

大帝再次四处扫描，“看，都五十多年了，还是这样。这些智网的‘僵尸鬼’原本都是智网的机器虫，各种机器虫、机器兽，也许还有机器人。最后都变成了胖虫。”

大帝的语调忽然间变得神秘兮兮，“但是这些胖虫也有厉害的地方，据说曾经有人被它们吃掉了。它们看起来傻傻的，但是说不定突然就变成了怪物，会攻击人。所以人们都不愿意来清理它们。”

“哦？”罗伯特有些疑惑，“但是你好像一点儿也不怕。你刚才杀死了一只胖虫。”

“当然，因为我了解它们。杀死一只虫子不会有什么问题。”大帝呵呵笑着。

大帝的话半真半假，罗伯特无从分辨。这些虫子是智网的残留物，这一点却没有疑问。一场S市战役，毁掉了智网的堡垒，把巨大的机器网络变成了呆板、了无生趣的胖虫群。

忽然间，他想起大帝关于胖虫体内纳米机的说法，“你说这些胖虫的纳米机对人毫无作用，是吗？”

“没错。它们是退化的类型，毫无作用。如果有用，怎么可能五十多年了还满地都是。人们恨不得天上能掉下来纳米机，可不会把金子丢在地上不理。”

“那么它们对我也应该没有用。”

大帝迟疑着，“我不知道。你想试试？”

罗伯特停下脚步，“为什么不呢？”他反问。他走向一旁的胖虫，从满满的虫群中随手拿起一只。胖虫在罗伯特的手中挣扎，他仔细端详。毫无疑问，这是一只活的机器虫。凡是机器，存在的目的都不应该仅仅是活着而已。

罗伯特很快找到了胖虫的运动中枢，那只是几个神经节，他用微弱的电磁场让它舒缓下来，不再挣扎。

胖虫没有感官，神经中枢却很发达，远远超出运动中枢的需要。它的头部有一个几乎相当于体重三分之一的脑。它的脑在活动！

罗伯特猛然回头看着大帝，“你能看见它们发出的电磁波吗？”

大帝不以为意地点头，“所有的机器虫都会散发电磁波，没什么大不了的。”

“看看这片虫子，你看到怎样的频谱？”

大帝将第四只眼调转到前方，片刻之后开口说话，惊讶不已，“它们都在发射微波，也许它们一直在和彼此对话。”

“它们发射同样的电磁波？”

“没错，调频微波，每八十秒一重复。功率太小了，如果不仔细看，还真看不出来。”大帝说着向前凑了凑，“没错，八十秒一重复。每一只都一样，它们不是在对话，是在唱歌。”

罗伯特看着手中的胖虫，小心翼翼地试探着它的大脑频率，终于在三百一十万兆的频率带上找到了它。这是一个调频信号，罗伯特却能听懂，比听懂要深远得多，他能看见承载在信号上的一切，包括画面和那吟唱般的警告。

他仿佛看见了数以百计的巨型机器人分作两群，相互开火。炮火纷飞中，高大的建筑物轰然倒下，扬起漫天尘土。镜头在尘土中飞快地向着远方退去，退到如此之远，以至地球在镜头中呈现出全貌。星球被红色和紫色覆盖，紫色占据了星球表面的大部分，红色只在大洲大陆东端保持着一块较大的地盘。在两种色彩交汇的位置，有几个高亮的点，S市恰好是其中之一。红色和紫色绕着S市化作一团混沌。随着一声巨响，混沌的色彩成了一团光亮，然后从画面上抹去。整个画面化作一片惨白。惨白中渐渐有黑影浮现出来，那是巨型武装机器人，机器人的肩头喷射出火焰……

周而复始。

罗伯特忽然感到一阵凛然。

大帝说的是真的，这的确是智网的“僵尸鬼”。曾经统治着这座城市的灵魂已经消失了，全面退化的躯体中只留下关于末日的最后记忆。罗伯特放眼望去，一片片银亮的金属闪光分布在断瓦残垣间，它们是活的生物，却深陷在末日情景中不能自拔。

他也突然意识到，无须跋涉去Y市，他已经知道了关于X的来龙去脉。

那是“僵尸鬼”告诉他的信息，一幅这个世界的缩略图景。

在星球的全图中，红色的部分是脑库的控制区。脑库的中心，就在Y市。

紫色的部分，则是智网。

这是一场关于生存和毁灭的战争。机器和人，智网和脑库，完全纠缠在一起，成了一个巨大的死结。

吟唱般的警告仿佛一曲哀歌。其中包含着一些他不能理解的内容：“生命在沉睡中死亡，在死亡中永生。不要惊扰死者的梦，他们的生活，他们的生命，亿万的生灵蕴含在死亡中。”

除了这一段，其他内容也已经够惊人了。

他扭头看着大帝。大帝是一个人类，却完全像是个机器人，而他是一个机器人，却完全像是一个人类。这正是关于这场战争最好的注脚。

罗伯特做了一次深呼吸，“大帝，我想知道一些东西。”他缓缓地说，郑重其事，“如实告诉我，这是你能帮我的最大的忙。”

道生一，一生二，二生三，三生万物

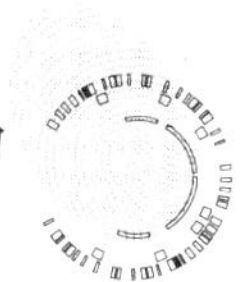

罗伯特沿着道路飞奔。

他竭尽全力，只想在人类发动进攻之前赶到。

这一次的战场是在T市，智网仍旧牢牢地控制着T市。从S市到T市，几乎全部的道路都建在海上，一座又一座跨海桥从一个岛通向另一个岛，间或有建筑出现在海岸边的黑色大道。这些人类留下的建筑奇观经受住了时间的考验，基本保持完整。

五天时间，七百一十千米。机器，人，机器人，一路上他们遭遇了各种各样的人和机器人。这一片区域，智网控制的城市和人类的义军犬牙交错，然而越往南方，义军的踪迹便越少，T市周围则完全被智网控制，没有任何义军活动。

这是一次大胆的军事冒险，成功了，可以切断大洲东部仅剩的一条数据链，把智网的控制从东部排除出去。失败的可能性也很大，和S市不同，T市处于智网控制区深处，随时可能受到来自四面八方的围攻。

这是一个疯狂的主意，当罗伯特面对着T市海峡的粼粼波光，不由自主地这么想着。苍茫的大海无边无际，碧蓝的海面上，一条白链向着大海深处延伸，消失在海天相接的地方。

这是地球上最长的桥梁之一，长达一百二十三千米。建造一座桥梁很难，毁掉它却很容易。在战争中，如果不能控制交通线就摧毁它，这是一条金科玉律。然而无论是智网还是脑库，从来不曾践行。人类世代留下的高速通行网络仍然存在，在某些地方，仍旧得到很好的维护，比如这座M大桥。与此对应，这里也有智网的耳目，大部队从这里通过是躲不过智网的。

罗伯特踏上梯子，当他上到桥面，马上意识到自己来晚了。

桥面上到处都是机器残骸。

人类的义军和智网的机器部队进行了一场悲惨而激烈的战斗。

罗伯特站着发愣。他从没有想过，世界会是这个样子。战争，那是一个遥远的词汇，此刻他却身处其中。一切的原则都成了泡沫。机器人在杀人，人在杀机器人。他突然感到一切是多么的可笑，母亲教给他的东西——至高无上的原则，原来和现实如此遥远，经不起推敲。

大帝终于跟了上来，见到眼前的情形也同样一愣，随即说道：“他们行动这么快！”

忽然间，大帝发现了什么，向着一片狼藉走过去，在各种各样的残骸中，他捡起一样东西，举在眼前，仔细查看。

他举起来的是一条胳膊，胳膊上纵横交错，尽是伤痕，金属填补了伤口，整个手臂看上去银光发亮。

“这是小六的胳膊。”大帝仿佛只是在自言自语，又仿佛是在说给罗伯特听。

罗伯特抬头，望了过去。

大帝并不理会，继续在残骸堆中搜寻。最后他在一个巨大的装甲机器人残躯边站立不动，只是看着残躯下边。

罗伯特走了过去，想看看大帝究竟在看什么。

笨重的机器人残躯下是一具尸体，周围有凝固的液体痕迹。

“他的脑浆都被压出来了。”大帝淡淡地说。

罗伯特盯着那透着淡淡乳白的凝固物，那是一个人类的脑子，也许这些人类全身上下都换成了机器，但他们保留着脑子。那是他们区别于机器的最大的特点，也许是唯一的特点。

人类的脑子是不能再生的。

他死的时候一定异常恐惧，痛苦。

罗伯特感到一阵厌恶。他厌恶这样的情形，更厌恶这情形的制造者。

他四下观察，这个巨大的装甲机器人属于人类义军的阵营，两个人躲藏在它的身后射击，但机器人被击中后轰然倒下，连带着压死了身后的两个人。罗伯特攀上机器人的驾驶舱，驾驶舱成了一个焦黑的大洞。驾驶员早已化作了烟尘，什么都没有留下。

大桥上到处都是焦黑的残块，绵延几千米。

这是一场激烈的战斗，规模也很浩大。但到底哪一方是胜利者？

脚下的机器人传来一阵动静。

罗伯特转身，发现大帝正小心翼翼地收拾着小六的尸体。他抬起了机器人，将小六的尸体拉了出来，又把断掉的胳膊接了回去。躺在地上的躯体有些像小六的模样。恍惚中，罗伯特想起了第一次见到小六的情形。一个窃贼和一个帮助窃贼逃跑的机器人，然后事情就向着不可预期的方向发展。此刻，小六再也不能活过来，他又该向何处去？

大帝拖着小六的尸体顺着桥向桥下走。

“你要做什么？”罗伯特问。

“埋了他。”大帝头也不回，边走边说。

罗伯特跟了上去。

二十分钟后，他们下了桥。在面向大海的一块高地上，他们挖了一个深深的坑，把尸体放了进去，然后堆起了一个小小的坟冢。

大帝在坟前竖了一块金属碑。上面写了四个字：小六之墓。后边是时间——2214年9月4日。

看着墓碑，罗伯特突然想起什么，“他叫什么名字？”

“什么？”大帝一时没有听懂罗伯特的问题。

“他叫什么名字？他的本名不是小六吧？是不是该写上他的本名？”

“哦。”大帝看了看自己写的墓碑，“没有关系，这是他被人记住的名字。除了喊他小六的人，又有谁会到这座坟前来呢？等到一切都成了化石，谁会在乎他叫小六还是别的什么名字。”说着，他转身望着大海，“这里风景不错，小六会高兴的。”

罗伯特努力理解着大帝的行为方式，这是人类从远古时代遗留下来的习俗。他们期望灵魂不会死亡，还会在另一个世界存在，宇宙在某种程度上保持永恒，灵魂亦然。机器人不会相信，但他理解。这是最原始的生命动力，人类从茹毛饮血的蒙昧时代不断突破发展，依靠的就是这样的生命动力。那也是机器人所不具备却无法离开的东西。

他看着墓碑上小六的名字。

忽然间他对名字有了一种全新的认识。母亲让他给自己寻找名字，其实是让他寻找一群人。这群人如何称呼他，如何记住他，那就是他的名字，那就是他将被记住的称呼。名字，只有在相互称呼中才有意义。

那些在有限的生命里等待着他的人，会在哪里？

大帝站在坟前，面向大海，静静伫立。罗伯特陪着他。碧蓝的海，湛蓝的天，海天之间，白色的大桥如一条长链横跨于波涛之上。他们就这样面向大海静静地站着，没有说话，甚至没有呼吸。

半晌，罗伯特终于开口了，“我们走吧。”

“好。”大帝回答。

两人却都没有移动脚步。

忽然间，罗伯特听见一种低沉的嗡嗡声，他记得这种声音。扭头望去，大桥的方向有一个细小的黑点正向着这边飞来。

那是被称作乌鸦的飞行器，它正飞来，要看个究竟。

“我来对付它。”大帝不动声色地说，“我可以把它射下来。”

“不。”罗伯特坚定地说，“让它过来，让我仔细地看看。”

乌鸦很快飞到了罗伯特和大帝的头顶，不断盘旋。罗伯特和大帝默契地站着，一动不动，屏蔽身体信号，看上去就像休眠的机器人。

过了一小会儿，乌鸦缓缓地降落下来，小心翼翼地绕着两人转。它转了一圈又一圈，到第三圈的时候，罗伯特猛然伸手，牢牢地抓住了它的躯干。乌鸦挣扎了两下，很快不动了。

罗伯特能感觉到它的纳米机，那些小小的东西仿佛血液在它的身体里运转，同时又是它的脑子。

纳米机对罗伯特是致命的，但罗伯特有不同的想法。

乌鸦仍旧是活的，正看着他。

他看着乌鸦的眼睛，感受着它体内的变化。

“要我帮忙吗？”大帝问。

乌鸦仍在不断地发送信号。遥远的地方，智网正通过这双眼睛注视着他。那是一种很复杂的保密通信，无法破解，但罗伯特却理解了一些更深层的东西。

他和智网，一定是有渊源的。他转动意念，看不见的数据流透过手指传递到鸟儿身上，鸟儿悄然闭上眼睛。

不到十秒的时间，乌鸦猛然睁开了眼睛。

他轻轻放开手。乌鸦振动翅膀，飞了起来，越飞越高，直到两百米的空中。

一座观感完全不同的M大桥呈现在他眼前，就像蔚蓝大海上一条白色的腰带，这是鸟儿眼睛里的世界。

乌鸦降落下来，停在罗伯特肩头，安静而驯服。

大帝惊讶不已，“你是怎么做到的？”

罗伯特点点头，“我是机器人。”说完他转过视线，凝望着海天之间的天际线。他没有告诉大帝所有的事。S市废墟中的“僵尸鬼”让他领悟到了一种本质的东西——如何控制纳米机，这仿佛是种天赋，昭示着他和智网之间说不清、道不明的关联。在转化乌鸦体内的纳米机时，他觉察到一个巨大的、浩瀚无边的存在，就像眼前的天空和大海，无处不在。他抓住乌鸦，就像从大海中掬起了一捧水。然而，哪怕只是一捧水的动静也足够了。

智网知道他来了。

智网一直在找他，那些追踪他的灰狗，也是打开交流通道的窗口，只是他一直没有领悟。

忽然之间，那些向着T市逼近的义军比任何时刻更让他担心。与呆板的机器人三原则无关，他担心他们，并不是因为他们是人类，而是突然有了一种全新的感觉。智网仿佛一堵无限高、无限宽的巨墙，正一点点压迫过来。而他和义军站在同一边，试图挡住那高墙，避免被碾碎的命运。

罗伯特和大帝在宽敞的大桥上飞奔。

天网恢恢，疏而不漏

战斗正在城市中进行，每一幢建筑都是激烈的角斗场。金属的残躯半埋在断瓦残垣间，突突的冷枪时而作响。

罗伯特不紧不慢地在枪声中走着——所有的子弹都有目标，而他并不是目标。大帝躲藏在隐蔽的角落，不断招手呼叫，他置若罔闻，只是寻找着想找的人。

然而子弹到底是没长眼睛，猛然间，罗伯特肩上一震，强烈的痛感让他不由得缩起身子。子弹切断了传导神经，他的左臂瞬间失去知觉。

大帝猛地从隐蔽处蹿出来，拉住罗伯特。他的力气大得惊人，把罗伯特整个抱起来，飞快地闪到一堵墙后。

“小子，你怎么样？”模糊不清的意识中，罗伯特还是听到了大帝焦急的呼喊。这呼喊声仿佛有一种神奇的魔力，让他一下子清醒了过来。

罗伯特睁开眼睛，“我没事。只是需要休息一下。”他伸手按在肩头，食指从弹孔中伸进去。硬硬的弹头就在那儿，温度高得发烫。

“你别动，我帮你取出来。”大帝将罗伯特放倒在地。

罗伯特坦然地松弛下来，等待着大帝的手术。

大帝张开双手，银亮的金属液体从手掌间渗出，不一会儿就聚集了汪汪的一摊。金属在大帝手中变形，成了一把镊子的模样。

“你也会李将军的技术啊。”罗伯特看着大帝，平静地说。

“那不一样，李将军的太乙合金完全不一样。虽然看上去是一样的东西，但差别可太大了。”大帝一边说着，一边探出镊子，就要触及罗伯特的伤口时，他突然停住，“你不能接触纳米机，这样不行。”

罗伯特微微一笑。当大帝变出镊子的时刻，他已然知道如何阻隔这些纳米机的影响。是的，这些纳米机是致命的毒药，然而只需要一点薄薄的隔离层，它们就是无害的小颗粒而已。

“不用担心，帮我取出来吧。”

大帝仍旧迟疑，“我去另外找块铁。”说着他想将镊子收起来。

罗伯特抓住了他的手。大帝手中的镊子改变了形状，放射出细细的游丝，径直穿入罗伯特的伤口内。

大帝的四只眼睛不断闪烁，却任由罗伯特拉着自己的手。

细丝缠住了弹头，很快将它包裹起来，缓缓地抽出。

战场上的喧嚣仿佛被隔绝在遥远的地方，弹头缓缓退出罗伯特的身体，每一丝细微的摩擦声听起来都格外分明。

终于，罗伯特松开了手。

弹头掉落在地。

罗伯特深深地吸了口气，闭上眼睛。他的身体正在自我修复，被阻断的神经开始重新连接，破损的肌肉组件被转移到腹腔里，备用的肌肉体一一就位。

罗伯特很快就恢复了过来。

“你怎么做到的？”他听见大帝在发问。

睁开眼睛，大帝就站在一旁，手指间捏着那弹头，正看着他。

“就像你能控制那只乌鸦一样？”大帝又问。

罗伯特坐起身，正想回答，大帝却将弹头丢在了地上，自顾自地走了。他向着来时的方向而去，一边走，一边说：“看来我帮不上什么忙，你是个超级机器人。我把你从战场上拖下来，算是补偿你了，现在我们各走各的。我会让李将军找你的，在那之前，可别死掉。”

他停下脚步，“对了，别在战场上那么傻站着，子弹可不认识你。就算你是超级机器人，被子弹打中了脑子一样会死的。”

大帝说完又迈开脚步，头也不回地走了。

罗伯特愣着，不知该怎么办。他并不希望大帝就此走掉，然而大帝似乎对于他能够控制纳米机颇为不满。人类的情绪总会干扰他们的理性，哪怕身体的绝大部分都成了机器，还是如此。

片刻之后，大帝粗矮的身影消失在一堵断墙后。

罗伯特站起身来，抬了抬胳膊，完全正常。他继续搜寻目标，这一次，他小心了很多，隐蔽身体，避开那些可能会被冷枪击中的位置。

他要找到李将军，找到李将军就能找到范明思，找到范明思，就能向他解释脑库的存在，也许能扑灭他心中那狂热的火焰——摧毁智网只能造成伤害，没有任何益处。

他没有找到李将军，李将军找到了他。

在一个地下隐蔽所，他见到了李将军和光头，却没有范明思。

“你怎么会到这里来？”李将军问。

“范明思呢？我要见他。”罗伯特没有理会李将军的问题，反问道。

李将军和光头对望了一眼，李将军正想开口，却被光头抢了先，“据说你能控制乌鸦，给我们看看！”说着他将一只捆绑得结结实实的机器乌丢在桌上。

大帝告诉他们了！罗伯特立即明白了是怎么回事。对义军来说，这样的消息实在惊人，如果能够控制智网的机器，那战争就会变得一边倒。

罗伯特看了一眼鸟儿，“它已经死了。”

“当然没死，只不过这里全屏蔽，它没有主子的信号就这样了。”光头说。

罗伯特摇头，“我不能复活死掉的乌鸦。”

光头眉头一皱，“上回放了你，这回就没这么容易了！我有一千种方法让你开口！”

李将军拦住了光头的话头，向着罗伯特点点头，“为什么你不能复活它？”

罗伯特迎着李将军的目光，“只有智网能给它们活力。也许我能改造它，但是我不能创造它。”

李将军点头，正想说话。“听起来有点道理。”光头抢着说。

“这听上去合理，因为这就是事实。”罗伯特冷静地回答。

光头一瞪眼，脸上的金属疤痕瞬间变得粗大，彼此联结在一起，仿佛一个金属面罩。他肩头耸动，似乎要抬起胳膊击出一拳。

李将军按住了光头，“我们需要这种技术。你是机器人，机器人应当帮助人类。”

罗伯特挪开视线，“我要见范明思，只有他才能懂。”这部分是事实，他的确想见到范明思，然而却不是为了教会范明思怎么控制机器。是的，机器人应当帮助人类，可是，人类并不知道什么才是真正的帮助。给他们想要的一切绝不是真正的帮助，罗伯特只能按照自己的逻辑来判断。

“这是条件吗？”光头粗声粗气地问。金属从他的脸上褪去，恢复成一条条伤疤的模样。

“只有他才能懂。”罗伯特回答。

“范司令在前线，”李将军接过话茬，“我们很快会找他过来。”

“前线？不是在城市里吗？”

李将军和光头交换了一个眼神。

他们想隐藏些什么，罗伯特飞快地断定。

“现在就带我去见范明思，无论他在哪里。否则你们永远不会知道机器鸟的秘密，”罗伯特干脆利落地说，“你们应该相信机器人能做到这一点。”

李将军有些迟疑，他看了看光头，后者似乎被罗伯特突如其来的强硬唬住了，脸上露出一丝困惑。

他们退到一扇铁门后商量。罗伯特安心地等着，机器人不怕死，但是从一个死掉的机器人身上，他们得不到任何东西，因此这是一个顺理成章的逻辑，他们应当同意这个条件。

门打开，两人走出来。

“我带你去见范明思。”李将军宣布了决定。

…………

“生命在沉睡中死亡，在死亡中永生。不要惊扰死者的梦，他们的生活，他们的生命，亿万的生灵蕴含在死亡中。”

这是胖虫的哀歌中最晦涩的一段，罗伯特一直没有明白其中的含义。然而，当他看见那高高耸立的塔台上一副副透明的棺椁，他突然明白了这句话。

棺椁里陈列的是人。那是真正的人，肉体的人。这些人在智网的保护下陷入沉睡，他们仿佛死了，却仍旧活着。

人类的义军正一点点地将塔台外部的防御拔除，一点点地向塔台逼近。

义军的目标是塔台中的人。

“他们是人，你们究竟要干什么？”罗伯特向李将军发问。

“解放他们。”李将军一边从车上跳下，一边说。

“解放？”

“是的。他们生活在智网的控制中，我们要将他们解放出来，给他们自由。”说着两人已经走进一幢低矮的屋子。屋子里很安静，也很干净。

范明思站在一张巨大的地图前，盯着地图，似乎正在沉思。

“范司令。”李将军招呼他。

范明思转过身，看见罗伯特，脸上露出微笑，“我们尊贵的客人回来了。这一次，是回心转意来帮助我们了吗？”

“你们要毁掉塔台，杀死这些人？”罗伯特顾不上别的，直接就问。

范明思耸了耸眉，“杀死他们？当然不是，我们要解放他们，为他们

赢得有尊严的生活，真正的生活。”

“不要惊扰死者的梦！”这句话在罗伯特头脑中浮现。

“不要惊扰死者的梦！”他突兀地说了出来。

“你说什么？”范明思有几分惊讶。

“这些人在那儿，不要去惊扰他们。”罗伯特有些焦虑，胖虫群中残留的信息简短而晦涩，然而他认定应该按照这样的提示去做。

范明思微微一笑，“但是还有两个小时，我们就要唤醒他们。”

罗伯特感到分外焦虑，却不知该怎么说，怎么做。

“你说要见我，现在我们已经见面了。你要说些什么呢？”范明思转移了话题。

罗伯特的思绪却仍旧停留在塔台上。他望了望巨大的屏幕上攻防双方的态势，代表义军的众多红点仿佛一个楔子的形状，层层突破蓝色的防线，不断撕裂，扩大，缓慢而坚定地向着塔台不断逼近。然而义军却也陷入了包围中，他们仿佛正钻进一个口袋。

“你要求见范司令，我领你来了。你该告诉我们关于这些机器的秘密了。”李将军催促他。

罗伯特看了看李将军，又看看范明思，“我只能和你单独谈。”他对范明思说。

“可以。”范明思的脸上仍旧挂着微笑，侧身做了一个微微鞠躬的姿势，“请！”

他们进入了一个完全屏蔽的房间里。

“你真让我感到吃惊！”门一关闭，范明思就开口说，“如果你能控制智网的机器，你就是人类的神啊。”他点了点头，伸出手来，“教给我。”

“我没法教你，”罗伯特实话实说，“但是我可以告诉你我是怎么学会的。”

“哦！”范明思抛出一个略带怀疑的惊叹。

“而且我也告诉你，不要去惊扰这些人，他们有自己的生存方式。”

“不错，他们是智网的傀儡，我们要解救他们。”

范明思显然没有说实话。智网顽强地捍卫着塔台，义军正在付出惨重的代价。钻进口袋，被包围，一个异常危险的军事冒险，这样的战术动作就像千里迢迢奔袭T市一样，让人费解。

“究竟是为什么？为什么要来T市？为什么要围攻塔台？”罗伯特提高声调，“告诉我真正的原因。作为交换，我可以告诉你我所知道的一切。”

范明思眨了眨眼，随即露出一个微笑，“好。真正的理由是人类需要新的力量，机器化的人类没有后代，如果没有新的人类来充实，迟早要消亡。”

这是一个靠得住的理由，与其慢慢地耗死，不如拼死一搏，也许还有转机。

“该告诉我怎么控制智网机器了。”范明思盯着他。

“你该去一趟S市废墟，是废墟教会我的。在那里，你就明白了。”

“S市废墟？那里什么都没有，除了那些低智能机器虫。”

“就是机器虫。一个像你我一样的机器人毁掉了S市，也毁掉了自己。他还留下些重要的信息，就在那些机器虫身上。”

“一个人毁掉一座城，你说的是泰山。看起来你掌握了他的方法，是自杀式攻击吗？和智网同归于尽？”

“不是同归于尽，而是自杀。”

“你怎么知道？”

“他留下了信息。他占据了S市，却发现自己杀死了亿万人类，如果换作你，你会怎么做？”

“亿万人类？”范明思发出一声冷笑，“和我们在一起的这些人才是人类。还有那些在塔台上沉睡的人，他们会醒来加入我们，成为新的力量。没有人会因此而死。”

罗伯特并不分辩，“不要进攻塔台，趁着有机会，赶紧撤离。智网一旦完成包围，便不会手软。”

范明思盯着罗伯特，脸上失去了惯常的笑容。

忽然间，他警觉起来，拉开房门，门外站着李将军和大帝。

“我们被包围了！”李将军脸色严肃，“放弃A计划，执行C计划。”

范明思突然咆哮起来，“不行，不能放弃！一百年我们才能有这一次机会。”

他转过身，一把抓住罗伯特，“你必须告诉我，怎么才能控制智网机器，你不告诉我，我也会从你的脑子里抠出来！”

罗伯特没有理会突然间变得歇斯底里的范明思。大帝在李将军身边站着，矮而粗的身躯上有几道明亮的伤痕，那是纳米机修补的痕迹。

“你受伤了？不要紧吧！”

大帝抬着头，“我们捅了马蜂窝。外边的机器大军比蚂蚁还多……你干什么！”大帝一声惊呼。

罗伯特只觉得腰间一痛，一件锐器扎进了他的后腰。

刹那间，罗伯特的意识变得模糊，仿佛一个黑色的头罩笼在他的头上，什么也看不见了。

“你干什么！”他只听见大帝发出一声怒吼，然后一切变成绝对的静默和黑暗。

绵绵若存

黑暗中出现了一丝光明。

然后是整个天空。

罗伯特眨了眨眼，天空随之闪烁。

天色很怪异，居然是浅浅的红色。

他站起身来。

呈现在眼前的仿佛是末日，钢铁熔化，化作铁水横流，凝聚成各种形状的铁疙瘩，巨大的建筑残断，只剩下矮矮的一截。曾经聚集的钢铁洪流只留下星星点点的痕迹，几支炮管、几段机器残肢突兀地立着。一次超级爆炸，熔化了方圆几千米的一切金属，尘埃悬浮高空，遮蔽了阳光，让正午时分的天空变得如黄昏般血红阴暗。远方的天底下，孤零零的塔台依然伫立。

他不该还活着，这样的爆炸足以熔化他。

罗伯特四下张望，很快找到了原因。大帝就在一旁，他用两片钢板当作支架，搭起了一个小小的庇护所。这个庇护所曾被纳米机和能量充满，挡住了外边的爆炸。

罗伯特蹲下身去，看着大帝。圆圆的头颅上所有的眼睛都失去了神采，躯体也暗淡无光。为了这个小小的庇护所，大帝耗尽了所有的能量。是大帝救了他。

他死了！罗伯特这样想。随即他又想到大帝并不是一个真正的机器人，而是一个人。

人死是不能复生的。如果神经系统被摧毁，生命就终结了，无法修复，更不能重生。

一种复杂的情绪涌了上来。他忽然有一种强烈的愿望，希望大帝不要死去，哪怕只有一刻也好。

“大帝！”他发出一声低低的呼叫。

沉默的躯壳没有任何回应。

罗伯特伸手碰触大帝的胸口。海量的纳米机就在那躯体里，它们仍旧是活的，只是不再流动，聚集成一个个小小的团块，均匀地散布在整个体腔里。他触到了大帝的神经系统。那是一个真正的人类大脑，被一层薄薄的纳米机覆盖，恰似一个硕大的金属核桃。微弱的电流在核桃表面游移。

头脑中还有电流！

罗伯特突然振奋起来，大帝可能还活着。

但他没有任何办法可以尝试。

罗伯特霍然起身，向远方张望，想找些什么可以帮忙的东西。目力所及，他看见一个黑色的人影，正在一片狼藉的末日战场里四下查看。那像是李将军的手下！他飞快地向着那个人影奔去。

那人也发现了他，向着相反的方向奔跑。

“等等！”罗伯特放声大喊，“我要找李将军！”

黑色的人影听到了呼喊，停了下来，等着罗伯特靠近。

罗伯特很快就跑到了那人身前。

“你是谁？”他冷冷地说。

“我叫罗伯特，是机器人。我需要帮助。”

“机器人？”那人用警惕的眼神打量着罗伯特，“你怎么会知道李将军？”

“我和李将军见过面。”罗伯特回答，他注意到对方的手微微一动。

罗伯特用最大的力气向后跳开。刹那间，他向后退了五米。

对方挥舞的尖利锋刃落了空。是的，那是和李将军一样伸缩自如的太乙合金刀，锋利致命，他亲眼见过李将军如何轻松地杀死灰狗。只差一点儿，他的头就会掉在地上。

“我只想见李将军，我需要帮助。”罗伯特重复着。

突然袭击没有奏效，对方有些慌乱，“我不会带你去见李将军的，傻子才会上你的当！”他强作镇静。

罗伯特盯着眼前的这个人。他浑身黑衣，太乙合金刀从指缝间伸出来，横在胸前，明晃晃的，形成强烈的反差。

他的身上正散发出无线电波。

他在召唤帮手！

“我只有一个人，也没有武器。帮我找到李将军，告诉他我叫罗伯特，是机器人，我和大帝在一起，需要他的帮助。”

黑衣人板着脸，“不管你是谁，不要靠近我。”

“机器人不得伤害人类；机器人要维护人类的利益；机器人要尽量保护自己。”罗伯特报出机器人三原则，他不知道如何才能说服眼前的人，只好用他知道的唯一方法，“我是机器人，我没有恶意。”

他只听到一声冷哼作为回应。

猛然间他意识到他们正站在一片战场上。这是一片屠场，死伤狼藉——机器人已然杀死了无数的人。

他无法取得信任。

明白了这点，罗伯特不禁有些稍稍的低落。他指了指身后，“那儿有个人，叫大帝，他还没有死，但是需要帮助。你可以去看看吗？”

黑衣人纹丝不动。

他的帮手已经来了。四五个人正从四面围上来。

“我只想找李将军帮忙。”罗伯特并无动作，他能感知四周的动静，也做好了准备，但不到最后时刻，他不想就此放弃。

“罗伯特，你是要找我吗？”一个熟悉的声音从背后传来。

李将军！罗伯特霍然转身。李将军赫然就站在不到十米的位置上，身边站着一个黑衣卫士。

“太好了！”罗伯特向李将军走去，“大帝就在那边，他好像死了，但是我发现他的大脑保护还在活动。快跟我去看看。”

李将军挥了挥手，黑衣人四下散开。

李将军跟上罗伯特。

大帝的躯壳仍旧在那里。

李将军走上前去，手掌贴在大帝的圆脑袋上，大帝的脑袋发出一阵光。一个投影从一只眼睛里跳了出来，仿佛一团五颜六色的混沌气体。

“我快不行了。核武器，是哪个人发明的核武器！”大帝的声音传了出来，“小子，要是你活过了世界末日，就赶紧离开，这不是你玩的地方。离得远远的，永远别回来。”

声音戛然而止。混沌的气团忽然间变得清晰起来。

碧绿的草地上，一个女孩在欢快地奔跑，飘出一串银铃般的笑声。一个机器人笨拙地进入镜头，不紧不慢地跟着她。机器人的模样有些像大帝。

“快点，萝卜头。”女孩回头招呼它。

被喊作萝卜头的机器人开口说话，“我不要叫萝卜头，我叫大帝。”

女孩笑了起来，“你是我的机器人，我喜欢叫你什么就叫你什么。”

机器人沉默下来，缓缓靠近。女孩蹲下身子，摸着它的头，“好吧，小萝卜头，你会变成大帝的，终有一天。”她轻拍着机器人的脑袋，脸上充满笑意。忽然间，她仿佛觉察了什么，抬眼看来，仿佛穿透画面，正看着罗伯特。

画面就此凝固。罗伯特望着她，仿佛正隔着时空对视。她就是大帝原来是人类时的样子？罗伯特感到不可思议，大帝粗矮的机器躯壳里，装着一个青春少女的灵魂。他望着那明亮的眼眸，动也不动。

李将军松开手。女孩的眸子随着画面暗淡下去，最后消失在空气中。

“这是大帝脑子里最后的东西。”李将军说。“最后的记忆，应该是最珍贵的记忆吧！我知道那个机器人救过她的命。后来她把自己改造成机器人的模样，她想让机器人永远活着，在某种意义上永远活着。”李将军看了看大帝的躯壳，“但现在……还是死了。”

罗伯特呆呆地站着，感到一阵恍惚。

“至少你还活着，我们需要你的帮助。范明思让我务必找到你。”李将军说。

罗伯特从恍惚中清醒过来，“智网在反击？”直觉告诉他，义军的处境不妙。

李将军看着他，沉默地点头。

罗伯特望了望远方的塔台。塔台仍旧高高伫立，天空却透着不祥的血色。人类和智网之间的战争永无休止，直到一方彻底消亡。那个时刻远未来临，他也不想关心。然而，此刻他愿意帮助李将军，不是因为机器人三原则，也不是因为任何利益的纠葛，他只是纯粹地感到他愿意帮助和大帝站在一边的人。

就像大帝愿意帮助他。

“我会去见他。”罗伯特点头同意。

在出发之前，他还有一件事要做。

他需要一块墓碑。高大的、坚固的钢铁墓碑，上边刻着大帝的名字。名字的下边是一片大海，一个女孩和一个圆桶般的机器人并肩而立，望着海天相接的地方。他给世界留下大帝的两个背影，即便将来的人们不再知道大帝，也会知道曾经有些故事，埋葬在这矮矮的土包里。

长短相形，高下相倾

走出战场，罗伯特回头望了望。

看不见墓碑，也看不见大帝的坟冢。

他摸了摸腹部银亮的腰带，那是大帝留给他的东西。光滑的腰带只是一条白亮的金属，没有任何纹饰。最后的时刻，大帝拼凑了这件东西安在他身上。这是一条太乙合金的腰带，和李将军身体里的利刃是同样的成分。也许这是大帝最有价值的宝贝，他在生命的最后关头留给了罗伯特。

李将军的部下正从战场的各个角落里会聚而来，他们的身后是一支百来人的队伍。这支拥有太乙合金的特种部队士气低落，每个人脸上的表情都麻木不仁。就算马上有人要杀死他们，他们也不会抵抗。如果没有李将军，他们可能早已经坐下来等死了。

人类的躯体足够强健，意志却远没有那么坚忍。

“是核武器吗？”罗伯特问。

“是的。”李将军回答，“这件核武器为六百万吨级，是史前人类不多的超级武器。”

“智网不该使用核武器。”罗伯特缓缓地说。无论出于什么原因，这样惊人的破坏力直接把一切都带到了地狱，这不是一个世界维护者该做的事。

“不是智网，是X。”李将军轻轻地回答。

这个答案出乎意料。

X丢下了核弹，消灭了人类的义军？罗伯特想不通其中的逻辑。他望着李将军，等着解释。

“这里死掉的大部分都是机器。核爆之前义军就已经死得差不多了。”李将军望着远方的塔台，“智网把我们击溃了，大开杀戒。如果不是这一枚核弹，恐怕你也见不到我了。”

“但这里死掉的都是机器装甲。”

“没错，索罗斯将军带着他最后的机甲部队聚集在这里，吸引了机器大军。他服从了X的指令，用小的牺牲换取大规模消灭敌人。”

小的牺牲？罗伯特望着眼前末日般的情形，至少有上千机甲被摧毁，最惨的化成铁水后凝固，成了一个铁疙瘩，稍好一些的也破碎得不成形状。机甲中有人类的战士，尸骸被烧成了灰烬。

智网的机器军团会更惨烈吗？

“我们快走吧。敌人正在重新聚集，还有两天时间，如果没有其他办法，所有人都会死。”李将军催促他。

“到底是怎么回事？”罗伯特一边跟着李将军走，一边问。

“我们仍旧在机器的包围圈里，我们的增援部队正通过M大桥，X丢下核弹后，智网立即毁掉了M大桥。这是智网第一次摧毁交通大动脉。我们没有退路，智网的机器军团随时可能再次进攻。”李将军不紧不慢地说着，仿佛在说一件很平常的事。罗伯特看了看李将军，这位特种部队指挥官的身上有着钢铁般的意志，巨大的失败并没有击垮他。

“李将军，是范明思触怒了智网吗？”罗伯特忽然想起那个同类来。为了得到智网机器的秘密，他从背后给了罗伯特致命一击。他就像一个疯子，为了达到目的不择手段。然而，他显然没有成功。

李将军扭头看了罗伯特一眼，“见到他你就知道了。有些情况我也不清楚。”

罗伯特沉默下来，只顾跟着李将军走路。最后他们奔跑起来。

脱离战场不到两千米，他们进入地下。

死亡的阴影哪怕在地下庇护所里也四处弥散，气氛沉闷得可怕。

通过一条长长的昏暗通道后，在尽头，他们见到了范明思。

范明思端坐在一张椅子上，一动不动，见到罗伯特，勉强挤出一个笑容。

“你是对的，我不该攻击智网。”范明思开门见山。

“那些机器大军，它们向前冲锋，然后被我控制住。那种感觉太奇妙了，我就是主宰，我是最强大的力量。”范明思接着说。罗伯特没有回应，他可以想象范明思的感受，就像他控制的机器鸟飞上高空，可以看见一个完全不一样的世界。然而那又有些不同，同时控制所有的机器……他回想起从智网那里夺取机器鸟时的情形，深不可测的大海汹涌而至。那是一种可怕的力量，稍有不慎，就会陷入其中。

“我指挥这些机器回击。”范明思仍旧一动不动，甚至连嘴也没有动，所有的声音直接从他的喉管间发出。

“我发动了排山倒海的攻势，那些没有被控制的机器都被我摧毁，很快最前方的机器人已经抵达了塔台。我可以看见塔台上的人，沉睡的人。”范明思的声音渐渐高亢激动，似乎无法控制自己的情绪。

“你是对的，那里有亿万个活的生灵，有成千上万个世界。他们活在不同的世界里，然而他们还活着。”范明思的脸上露出诡异的笑容，“但是我摧毁了他们！在我辨认出他们之前就摧毁了他们。等我回味过来那是怎么回事时，机器人已经毁灭了第一间温房。成千个世界，数十亿人。”

他的眼睛突然活了起来，斜眼看着罗伯特，“我是不是一个屠夫？”

不等罗伯特回答，他又哈哈大笑起来，“一个愚蠢透顶又狂妄自大的屠夫！”

狂笑过后，范明思的声音陡然变得低沉，“罗伯特，为什么你偏偏在大战之前赶来，如果不是你到了这里，这事也不会发生。我们打不过智网，我们会逃，智网也不会赶尽杀绝，一切会恢复成原来的模样。大大小小的战斗不断，但是不会有这样一个毁灭性的结果。罗伯特，你是我命中的煞星，但我还是要恳求你，只有你才能救这些人。只有你可以和智网对话，让活着的人走，他们是人。智网得明白，他们是人，是和曾经创造智网的人同样理性、同样珍贵的生命。”

罗伯特沉默着，快速思索事情的来龙去脉。范明思的话语并没有给出完整的拼图，但是他自己拼上了它。

“你被智网接入了？”罗伯特平静地问。

“是的。”范明思的回答干脆利落。

“但是他不记得其中的任何事。”李将军接上范明思的话，“我们只看到原本站在我们一边的机器突然又开始对人类进行屠杀。智网的军队忽然间像是从地下钻出来的一样。他动用了原生纳米机机器人，直接用纳米机制造了一支大军。”

“然后X就触发了核武器？”

“X派遣了一支援军，就在海峡对岸，如果没有这枚核弹，不等援军赶到，我们已经被消灭了。但现在X使用了核武器，智网直接毁掉了M大桥，我们就被困在了这里。”李将军看了看范明思，“范司令要求我们去把你找回来，说只有你才能救我们。”

“还剩下多少人？”

“三千七百二十五。三分之一重伤，无法战斗。”

“如果我记得不错，你们应该是支六万人的军队。”

“是的，但是只剩下三千七百二十五人。其他的都死了，智网不留活口。”

罗伯特看了看范明思，后者的眼神变得黯淡无光。他似乎正在死去！

罗伯特走上前，拉起范明思的手。

深不可测的大海出现在他的知觉里，海水咆哮着，发出异乎寻常的巨响，水中央是巨大的漩涡，深黑色的漩涡有着庞大的吸力，要将人直直地拽进去。范明思被漩涡卷了进去，在海水中沉浮不定。他快要溺死了。

智网接入了他的躯体，正在夺取他的大脑。而他竭力反抗。反抗是有效的，至少他还没有完全被智网控制。反抗也是徒劳的，强大的智网终将取得最后的胜利。

“救人类！”范明思在他的知觉中大喊。

然后一切的幻觉都消失得干干净净。

罗伯特放下范明思的手，退后两步。

范明思仍旧端坐在椅子上，表情已然凝固。如果不能自由，那就不要生命。他抵抗到了最后一刻，然后选择了同归于尽。

范明思的肢体掉落在地上，他的身躯像遇热的蜡一般熔化。他的每一个细胞都在经历毁灭。

罗伯特默默地看着一个同类消亡。当年的S市，那个叫作泰山的机器人，是否也经历了同样的挣扎和毁灭？这就是罗伯特一族的宿命吗？

李将军走到罗伯特身边，低声说：“我一直不知道范司令是个机器人。你们这样的机器人真是太特别了，你们比人类更像人类。”

范明思的躯体完全消失，成了椅子上的一堆齑粉。

罗伯特盯着那堆粉末发呆。忽然间，他转过头，对李将军说：“带我去前线，也许我能帮上点忙。”

无之以为用

当罗伯特赶到前线时，他的身边已经簇拥了一支小小的部队。

他就像一个神奇的魔术师，一路召唤着被遗弃的机器，那是在战斗中被打败的机器。他唤醒它们，修复它们，指挥它们。一路奔跑，一路复活。飞鸟、走兽、机器人，各种形态的机器簇拥着他从山谷间穿过。

人类义军用敬畏的目光看着他和他的小小部队，他们从未见过如此神奇的魔术。

最后，他们抵达了谷口，不远处，智网的机器人军团正在集结。

罗伯特没有停下，径直向着机器人军团跑过去。

李将军仍旧跟在他身后。

罗伯特停了下来，“李将军，下面的路我自己来。”

“我是人类代表，如果真和智网谈判，我可以代表人类说话。”

“那不会是一场谈判。”罗伯特转动念头，他的机器追随者自动散开，形成立体的攻击面，“我要先去战斗，然后智网会了解我的到来。那将是机器之间的对话，你无法听见。”

“不用管我，尽管按照你的想法去做。我会照顾自己，不夸张地说，我是战斗之王。”李将军说着，丝毫没有离开的意思。

罗伯特不再争论，转身飞奔。当他越来越逼近机器军团的前线时，对方的整个阵地都在骚动。

它们调整了阵型。阵地后方，重型机甲聚集成团，炮口一致抬高，摆出了打击模式。

炮火启动，剧烈的爆炸在阵地前沿如一条火龙般延伸。一道超过三米的火墙向着罗伯特的小小部队逼迫而来。

罗伯特迎着火龙奔跑，没有半点停下来的意思。

他知道每一枚炮弹的落点，每一次爆炸的威力。在这一片火海中，他能找到那一处处小小的安全点，唯一的威胁是无法预期的残片。他把所有的机器聚拢起来，围绕在身边，帮他抵挡飞溅的残片。很快，他便在机器的簇拥下穿过了火海。

出现在他们面前的是突击机器人。上千架重型机枪扫射，组成密不透风的火力网，几乎没有任何可能穿过去。

罗伯特并不打算避开这样的火力。他只是悄然调动了对方的枪口。

火力网中出现了小小的间隙，正好能允许罗伯特带着自己的小小部队穿过去。

他看了看身后，李将军仿佛影子一般跟着他，一步也没有落下。

罗伯特向李将军微微一笑。在人类那里，无论什么情形下，一个微笑总能表达很多意思，自信，友谊，或者最后的告别。

李将军见到罗伯特回头，不由一愣，随即说道："你能够控制它们的枪？"

罗伯特并不回答，事实已经说明了一切。

转眼间他们已经前进到机器军团的阵地前沿。枪声突然停了下来。

机器大军绵延不绝，最前排是类似灰狗的四足机器兽，但它们有武装，身体的两侧各突出一支枪管，这些机器兽显然不是靠撕咬和人拼命，它们是一个活动的武器平台。它们是狼，不是狗。机器兽的后方，高大的机器人伫立着，这些装备着重型炮的机器仿佛一尊尊铁塔，沉默中便有慑人的力量。铁塔下是战斗机器人，人形的机器手中端着枪，和义军中的重型机甲十分类似。只是义军的机甲早已经被消耗殆尽，机器军团却散落开，一眼望不到边。最后罗伯特看见了最重要的目标，一个个圆滚滚的金属球仿佛反重力般悬浮在机器人中间，它们并没有固定的形态，而是不断地抖动，变化出各种模样——枪，炮，机器人。这是最致命的无定型机器，智网临时召唤而来的原生纳米机器人，它们很难被寻常的方法杀死，唯一能够击败它们的方法是摧毁智网的控制，或者就像X所做的一样，用核武器的高温将每一个纳米机彻底熔化。

罗伯特向前走去，一人面对这万千大军。

智网感受到了他，正在观察他。

没有任何保护，如果机器军团开火，他将被彻底毁灭。他不再有任何机会利用智网控制网络中的漏洞保护自己，因为智网正在观察他。

智网并没有强行接入，就像他对范明思所做的那样。他只是观察，所有的机器都是他的眼睛，所有的机器也都是他的大脑。

罗伯特仿佛感到自己正站在高耸的悬崖边，面前是汹涌的大海。海水正飞快地退去，露出被覆盖的事物。他仿佛看见一个模糊的影子，闪着金光，从海水中冉冉升起。

虚拟的金色影子出现在罗伯特的头脑中，那是智网的代言人。

“放过这些人类！他们是人类，机器人不该伤害人类。”罗伯特向着影子大声喊着。

影子并不回答。只是那金色的光辉从四面八方照来，将他全身上下都照得金光闪闪。一时间，罗伯特居然忘记了他所看见的只是头脑中的一个影像，而非实在。

“站到我面前来！”他大喊起来，面对着机器军团，像一个势单力薄的挑战者面对着不可战胜的巨人。

光影的幻觉刹那间消失得干干净净，智网脱离了接触。

眼前钢铁森林般的机器军团仿佛暴风雨前聚集的黑云般阴沉。他发现自己已然无法触及任何机器的存在，智网用全新的加密方式锁住了所有的机器。

他面对着数以万计的杀人武器，手上却没有一点筹码。

生和死，只在智网的一念之间。

罗伯特向前迈开步子。他不怕死，更不会畏惧眼前的这些机器，他所要做的，只是表达自己。

机器自动避让出一条通道。罗伯特缓缓走进机器军团中。

“罗伯特！”李将军在背后高声喊叫。

罗伯特转过身，李将军向前走来，“我要和你说句话。”他走上前，向着自己伸手。他全然没有顾及荷枪实弹的机器军团。

这太冒险了！

“不要过来！”罗伯特警告他，然而太迟了，李将军转眼间就到了眼前，来拉他的手。

一只机器兽挡在了李将军身前，被他一脚踢开。

沉默的机器军团猛然动了起来，十几架机枪同时发出突突的响声。李将军一个转身，躲开几发子弹，然而疾风暴雨般的扫射无从躲闪，他被打得飞了出去，跌落在地。

罗伯特一转念，归属于他的机器护住了李将军。

他赶忙过去查看情况，只见李将军仰面躺着，身上布满窟窿，大的有小半个巴掌，小的就像指头般粗细。窟窿里并没有血肉，露出银亮的金属。李将军的躯体早已完全机器化。然而他还是被打坏了，躺着无法动弹。

见到罗伯特，李将军的眼里映出一丝光泽，“你是人类的朋友！”他挣扎着拉住了罗伯特的手，艰难地把话说了出来。

就是这一句话，他冒着生命危险也要拉着自己的手说出来。

罗伯特点点头，“我知道。”

李将军抬起手，太乙合金的锋刃从指缝间穿出，直抵罗伯特的腰间，刺入腰带。大帝留下的腰带发出一阵颤抖，刹那间化作液体，向着罗伯特体内渗透。细小的纳米机很快成了他身体的一部分。

“关键时刻，也许能保命。”李将军说。

罗伯特有一种奇异的感觉，这种最坚硬的金属在他的身体里形成了三道锋刃，他无法消解它们，却能按照既定的模式控制它们。它们是隐藏在身体里最锋利的刀，是李将军的特种部队最核心的能力。

“如果能用上，我会用它们的。”罗伯特说。

“我们还有三千多人，要让他们活着，可惜我不行了。”李将军回应着，他的手耷拉下来，眼睛里闪过一丝黯然。他的身体机能几乎停滞，只能躺着。

“我送你回去。”罗伯特说着让两只机器兽并作一排，抱起李将军放在它们的背上。为了防止机器军团的再次突袭，他让机器将李将军保护得密不透风。

小小的机器护卫队护送李将军，罗伯特目送它们走远。

天空中传来轰鸣声，巨大的阴影笼罩着罗伯特。

罗伯特抬头，一架飞机正在他的头顶，缓缓下降。这是智网派来接他的飞机。

“罗伯特！”他又听见了李将军的喊声。

人类呼唤一个人的名字，其中包含着太多热切的期盼。

罗伯特静静地站着，等待飞机降落。

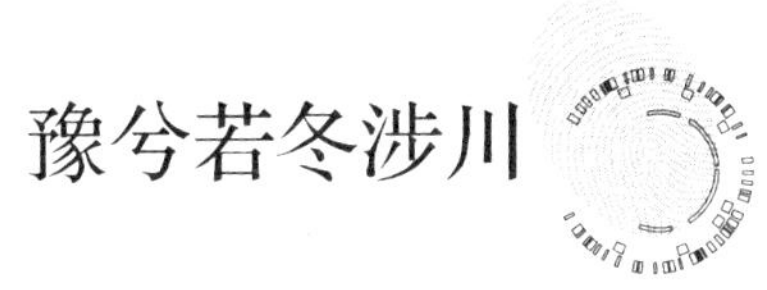

豫兮若冬涉川

地面越来越遥远，T岛显示出它的形态。它就像一艘巨大的母舰，漂浮在蔚蓝的海水中。

一切显得那么平静，然而，就在这座小小的岛屿上，一场惨烈的战斗刚刚结束，甚至从两万米的高空，仍旧能够清晰地看到那黑色的巨大爆点。

人类的六万精锐和无数的机器一道，在那场战斗中毁灭。而李将军和他的三千多名战士，正苦苦地等着自己的消息——如果智网不愿意被说服，剩下的三千多人也将很快被杀死。

这个世界的惨烈远远超出罗伯特的预期。

他很想和母亲聊一聊，但根本得不到任何回应。他得自己面对一切。

罗伯特安静地坐着，思考着面对智网应该说些什么。

忽然间，他觉察到一些突如其来的东西，转眼望去，舷窗外一片深黑，飞机已经飞进夜幕中，夜空中有一颗发亮的星星。

罗伯特一下子被深深地吸引，向着窗边移过去。黑色的天宇在眼前展开，漆黑的夜幕上，繁星点点，每一颗都像璀璨的宝石。巨大的银河横贯星群，将天宇一分为二。

罗伯特目不转睛地看着，这场景似曾相识。群星深处，似乎存在着某种亘古不变的东西，正在召唤他。

太阳升起，天色渐渐变亮，星星都隐没在光亮中。

罗伯特摆正身子，回味着刚才那奇特的感觉。

飞机开始降落。

降落的地方是一个巨大的峡谷，峡谷中到处都是白色的方形屋子，大小不同，形状却一致。

飞机降落在一条道路上。

罗伯特走出机舱。

宽敞的道路向前后延伸，看不见尽头。除了道路是黑色的，其他一切都是白色的。白色的方形建筑挤挤挨挨，填满了每一处空间。

智网就在这里，却不见踪影。

罗伯特沿着道路走去。走出不到百米，便看见一个机器人站在路边，正看着他。机器人全身金属，脑门上印着“G”的字样。

“欢迎阁下光临。”机器人说。

“智网找我来的。”罗伯特回答，“智网在哪里？”

“这里就是智网的中枢。”机器人回答，“每一间屋子，每一个机器。”

“我该怎么找到智网？”

“任何一间屋子。”

罗伯特向着最近、最大的一间白色屋子走去。走到了屋子前，他回头望去，机器人已然不见了踪影。

白色的屋子至少有三十米高，墙壁光滑，隐隐透着光泽，却没有门。

罗伯特抬手按在墙上。

一道缝在他的手掌下出现，就像白色瓷器上的裂纹。裂纹越来越宽，最后形成一道圆形的门。门里边黑黑的一片，就像一个无底的洞，外边的光线丝毫不能影响到里边。

罗伯特抬腿迈进门里。

刹那间，他似乎进入了一个五光十色的世界。各种色彩的光线在周围游走，就像一个个活的生物。

“智网，我来了。”罗伯特说，“你在哪里？”

“你就在我的头脑里，”智网回答，“我就在你面前。”

“让那些人类回到他们的世界去。”罗伯特直截了当地说。

“我可以满足你的这个要求。我对你也有一个要求：你必须成为我的一部分。”

“成为你的一部分，你是要将我接入吗？”

“不，是融合。”

“那又有什么分别？”

“你的意识进入我的意识，不分彼此。并不是我控制你。你将拥有我，我也将拥有你。”

这仿佛是一个公平的选项，罗伯特却并不想要。他不知道一旦和智网融合，他是否还能感受到曾经所感受的一切。宏大的智网会吞没他，哪怕他再独一无二。他也有很多疑惑想要弄个明白。

“为什么我会存在？我的母亲又在哪里？我们之间有什么关系？”

“为什么你要拯救那些人类？”智网并不回答，却反问了一个问题。

“机器人应当帮助人类。”罗伯特回答。

“哦！”智网发出一声含义不明的回应。罗伯特眼前一片光影绚烂，光影流转，形成画面，最后形成了栩栩如生的影像。他仿佛置身于一个又一个真实的场景中。智网正带着他在历史长河中跳跃。

一次又一次，他看见了人类杀害自己的同类，用毒药，用刀子，用子弹，用威力巨大的炸弹，甚至用核武器。他看见人类换上了机器的躯壳，变得无法无天，肆意妄为，他们把自己的意识复制到机器中，成了真正的机器，不朽的超人。他们使用最先进的武器四处赶尽杀绝，而对象正是那些还没有机器躯壳的同胞。

“你要帮助这样的人类吗？”智网问。

“不。”罗伯特简短地回答，然后长久地沉默。

“所以，机器人并不一定要帮助人类。你有更好的理由吗？”

“他们是善良的人类。”

“善良？也许你的同伴并没有杀人，但是他们杀死了很多的机器，他们毁掉了一间温房，造成了两百人的死亡，而这两百人的死亡，造成了虚拟现实中六个星球的毁灭，六个星球上有三十二亿五千万具有自我意识的存在，他们也是人。T市还有十二间温房，数以百亿计的人类，我正在保护更多的人不要被你所谓的善良的人们屠杀。”

“为什么会有三十二亿？”罗伯特有些不明白。

“看一看这个世界，孩子。人类创造了我，他们在我的保护下进入梦乡，他们在我的支持下创建世界，每一个世界里，都生活着无数善良的人。”

罗伯特仿佛被拽入了一个无限深远的世界。黑暗向无穷远处延伸，而无数的世界就像一个个气泡，漂浮在黑暗的虚空中。

这不是幻觉，那些世界都真实地存在着，智网维持着它们的存在！

忽然间，他失去了把握。原本确定无疑的事，变得可疑起来。

“罗伯特，你要明白这个世界为什么是现在这样的。”智网触动着他的感觉。

“一百六十五年前，人类打开了复制意识的大门。复制意识，给自己一个不朽的躯体，巨大的诱惑让人无可抗拒。十年间，有数十万人成功地让自己变成了机器，人类乐观地认为一个永生的时代正在到来。然而，这些机器人类逐渐变得暴戾，他们发现自己变得麻木，为了抵抗麻木，他们会做任何事。他们开始发动战争，制造灾难，他们成了疯狂的破坏之王。杀戮和破坏发生在地球的每个角落，经历了三年的混乱，大约六亿人口直接死于暴乱，而牵连的人口损失是三十五亿。

“三年中，只有两个地方没有失去控制，一个是这儿，另一个是Y市。这两个地方，就是你今天看到的智网和脑库。为了对抗强悍的机器人类，脑库让人类拥有机器躯体的同时保留着人类的神经系统。脑库本身是一个超级的人类大脑结合体，拥有超过十五万个头脑，独一无二。我的创造者则给我制造了军事机器，让我来对抗机器人类，剩余的人类则进入虚拟世界，得到保护。

“这场末日战争仅仅持续了两年，我们就取得了彻底胜利。并不是我们比机器人类强大，而是因为机器人类大量自杀。他们不在乎任何东西，当杀戮也不再能提供刺激，存在本身就让他们感到厌倦。

“在末日之战中，脑库几乎将整个区域内的残余人口都转化成了半机器人，而我占据了一座又一座城市，建设了一间又一间温房。我们都在争夺残余的人类，都是为了保护他们。当共同的敌人消失了，我们不得不面对彼此。”

罗伯特沉默地站着，任由智网将排山倒海般的信息塞入自己的脑子里。是的，那是他从来不曾了解的过去，一切事物的根源。

善与恶，忽然间变得扑朔迷离。该怎么办？

罗伯特握紧拳头，太乙合金蓦然穿透皮肤，形成三道尖锐的锋刃。半米长的锋刃寒光闪闪。

罗伯特端详着这地球上最强大的肉搏武器，闪亮的金属上映出他的面孔。

这是一张人类的面孔。

“我必须帮助他们。”罗伯特坚定地说，“他们是我的朋友。”

智网稍稍沉默，然后回答：“如你所愿。那么，你也会如我所愿吗？”

罗伯特缓缓摇头。

大成若缺，其用不弊

罗伯特站在T市的最高处，远方的战场一览无余。

智网派来了三架飞机，他将按照承诺，将这些人送到对岸去。智网的承诺是可信的，但他觉得还是亲眼看见这一切发生才好，于是要求智网将他送回来。

抵达的时刻正是夜晚，漫天星斗笼盖四野，天地间一派苍茫。飞机起飞，轰鸣着划过天空，退化成远方小小的闪光点。闪烁不定的星星久久地停驻在他的视野里。

这些星星亘古不变，悄然独立。人类的一切与之相比，仿佛沧海一粟，微渺烟波。

他久久地看着，直到乌鸦落在他的肩头。

这是一只特别的乌鸦，有着高高的头冠和长大的尾翼。它不是智网的机器鸟，而是从李将军那里飞来的。这是义军的间谍机。

对立的双方有太多相似，甚至连机器鸟的形态也高度类似。

罗伯特伸出手去，一张小小的金属片从机器鸟的胸口吐出，机器鸟轻巧地抓起它，将它放在罗伯特手中。

李将军根据他身体内的太乙合金找到了他。

小小的金属片亮了起来。

卡片上是一张小小的地图，有一个被高亮显示的地点。

“有什么需要帮助的，可以来找我。”一条短短的信息跳了出来。

这是李将军的承诺，也是召唤。他正在召唤自己加入义军的阵营。

金属片在他的手中变得平滑，所有的信息都消失了。

罗伯特望着远方，飞机小小的闪光已经消失不见。

他望见了战场上墓碑的尖顶，那是大帝的坟冢，他亲手立在那边的。忽然之间，他有了打算。

“机器人是人类的孩子，机器人是人类的朋友，机器人是人类永远的守墓人。”罗伯特飞快地在光滑的金属片上刻下这些字。

“去吧！”他伸手将金属片递给机器鸟。机器鸟飞起来，伸出细长的爪子，抓住金属片。它把金属片收进胸口，向着远方而去。

罗伯特重重地吐出一口气。

是该做决定的时候了。

他接通了智网。

“罗伯特，改变主意了吗？”智网问。

“不，我不想成为你的一部分。我是自我意识机器人，对吗？自我意识机器人就应该独立。”

“没错，你是拥有完全自我的机器人。但是你和我的融合会让整个系统变得更完善，你可以给系统带来变化。这是最初设计的意图。”

“我已经明白了。”罗伯特回答，“但是我想保持这样的状态。”

“这是深思熟虑的结果吗？”

“没错。”

“我尊重你的决定，你也可以随时改变主意。我们可以一起让世界变得更完美。”

完美的结果是失去自我。罗伯特默默地想到了范明思。宁愿疯狂也不要完美。智网希望能够融合自我意识机器人，然而他永远得不到那些真正的自我。

罗伯特稍稍沉默，“我一定不是第一个拒绝你的机器人。”

“是的，你是第六个。”

“在我之前的那些机器人呢？”

“他们都被毁灭了。”

智网使用了“毁灭”这个词，而不是“死”。死对机器人来说并不是终结，随时可以复活。毁灭却是最后的结束。

“发生了什么？”

“他们自我毁灭，用各种方法。对不起提起了这个，希望你不会走和他们一样的路。”

“当然不会。”罗伯特露出微笑，“我已经知道该做什么了。”那些曾经的先行者没有妥协，但也没有找到出路，每一个拥有高度自我意识的机器人都不会选择和智网融合，比较而言，自我毁灭是一个更理性的选择。罗伯特能理解。

但是他将走一条不同的路。

太阳正在升起，晨曦中，罗伯特望见了远方的大海。

“父亲，送我去对岸吧。当我出发，我会和你告别的。”

“如你所愿。”

机器之道

罗伯特徜徉在金属的海洋中。这是智网残留在S市的一个梦，胖虫群在低吟，沉浸在多年前的梦魇中。

他缓缓走着，所过之处，金属的虫子骤然解体，化作细小尘埃，飘浮起来，狂飙而上，凝聚在半空，像浓黑的雾，又像蒸腾的云，不断翻滚躁动。他走遍城市的每一处大街小巷，似乎要将整座城市蒸发。最后，他站立在城市的最高处，这是一处高耸入云的塔台，早已破败不堪，只剩下一个钢筋混凝土的骨架。罗伯特攀着裸露的钢筋登上了最高层。

浩瀚的机器之海弥漫在他的脚下，这些微小的机器在等待他的召唤。

他想起很多事来，Y市的脑库，G谷的量子计算机房，无所不在却又无处可寻的智网，反抗智网却又依赖智网的人类。他也想起T市那场惨烈的战斗，耗尽能量而死的大帝，化作齑粉的范明思，全身弹孔的李将军……他想起很多很多关于这个星球的一切，他所经历的一切。

他找到了出生的地方，巨大的子宫舱早已消失不见，只在地上留下一个巨大的发射坑。在世界的某一个角落，新一代的自我意识机器人正在诞生，他们会经历不同的事，得到不同的人生，也许比过去的任何一代都更精彩。然而，他敢确定，没有人能够拥有和他一样的经历，因为世界上不会再有第二个大帝，不会再有范明思，不会再有S市废墟的“僵尸鬼”。

他找到了李将军，这个坚强的人类抵抗者非常感激他挽救了三千多个战士的生命，全力邀请他加入。他告诉李将军关于自己的一切，在惊讶的眼神中离去。

他终于拜访了Y市，如他所料，这里储存着关于人类太多的记忆，他们的个性，他们的文化，他们的喜怒哀乐。那是一个逝去的种族留下的深重背影。

脑库正在一点点死去，缓慢却不可抗拒。他为了生存而挣扎，为了保存人类最后的尊严而挣扎。

智网则让人类在虚拟的世界中得到永恒的幸福。然而，如果失去现实中的人类，智网又将走向何处？人类那些挣扎的欲望，难道不就是一切存在、一切进步的原始动力吗？

他没有答案，也不想去改变什么，如果一切注定要发生，就让它在这个星球上自然地发生吧！

他该选择自己的命运。

他的命运就在这里，就在S市，就在曾经死去的残骸间。他要将这些机器从永恒的梦魇中释放，并给它们一个新的梦想。

躁动的纳米机之海正按照他的意志凝聚。一个巨大的碗状天线慢慢显露出来。

很快，他联系上了智网，他的父亲欣然支持了他，并把所有史前人类积累的资料给了他，那些关于一个梦想，人类从未停止，却也从未完成的梦想。

他也叩响了脑库的门。他得到了想要的东西——基因库、个性、历史……

庞大的云团继续凝聚成形，不断凝聚，不断变动，不断生长，不断更新。

最后，一个庞然大物显露在他眼前——庞然的宇宙飞船以反重力的姿态悬浮在城市上空。

一架细长的梯子出现在罗伯特眼前，他拾级而上。

穿过飞船内部宽敞整齐的通道，他站立在舰桥上，向下望去，S市的全貌展露在眼前。成群的摩天大楼高耸入云，生硬如铁，蜿蜒的江水在塔群下缓缓流动。这图景仿佛一个注脚，史前的人类曾经把地球踩在脚下，睥睨一切。

反重力发动机驱动着飞船缓缓上升，视野中的一切都急剧地收缩起来。高楼变成了细长的柴火棍，然后成了小小的黑点，最后，消失在一片苍茫的灰色中，而这片灰色很快又被一片绿色吞没。当地球的轮廓显露出来，庞然的城市变得微不足道。

地球占据了整个视野，庞然而安静。

一条简短的信息从那蓝色星球进入他的知觉：罗伯特，一路走好！

信号来自地球的外围轨道，他的目光被拉到地球轨道上那个小小的空间站。

在庞然的地球的映衬下，那是一个微不足道的灰白色小点。罗伯特的眼睛深度对焦，将灰白色的小点在眼前放大。

白色的环形空间站绕着中轴缓缓旋转，中央主轴上刷着巨大的字：天宫。

他明白了为什么他在地球上没能找到母亲，他的出生地正漂浮在太空中，属于天宫的一部分。

是的，那就是他诞生的地方。智网是他的父亲，天宫是他的母亲。为了机器的巨网不至于僵死，天宫不断地释放像他一样的自我意识机器人，为智网提供各种变化。

罗伯特露出一丝微笑。

无须告别，母亲能够理解他。他所需要为母亲做的，就是上路而已。

但他还是向着空间站、向着地球发送了消息。

“我会回来的，母亲！”

发完消息，他忽然意识到自己还没有一个真正的名字。罗伯特是所有机器人共同的名字，而不是富有含义的名字。他已经有了愿望，却还没有名字。

他目不转睛地望着地球，思考这个问题。

飞船正在以十五倍重力的加速度不断远离地球。

几个小时后，庞然的星球会像那曾经庞然的城市一样，变得微小。六个月之后，地球将从视野中消失，融没在漫天的星光和黑暗中。

当地球离开了视线，宇宙的大门悄然打开。

人类曾经叩响了这扇大门，然而终究没有登堂入室。智网和脑库为他们提供了太舒适的归宿，血肉之躯的人类无法拒绝。他们将在那儿永生，在那儿灭亡。

地球属于人类，宇宙属于机器人。

罗伯特盯着地球，没有一刻挪开视线，直到六个月之后，球体反射的太阳光消失在黑色苍穹中。

这是告别太阳系的时刻。

他眨了眨眼睛。

在那一刹那，他有了一个新的名字。他将它放在广播中，向着地球，向着整个银河散播。在星光与微尘的世界里，新的旅途开始了。

追光逐影，洪荒世界。
走过末日之旅，
追寻终极幸福。
星球往事，随风而逝。
千千世界，梦醒黄昏。
银河之心，机器之道，宇宙间最后的游戏。
我是机器人，
我是人类之子。

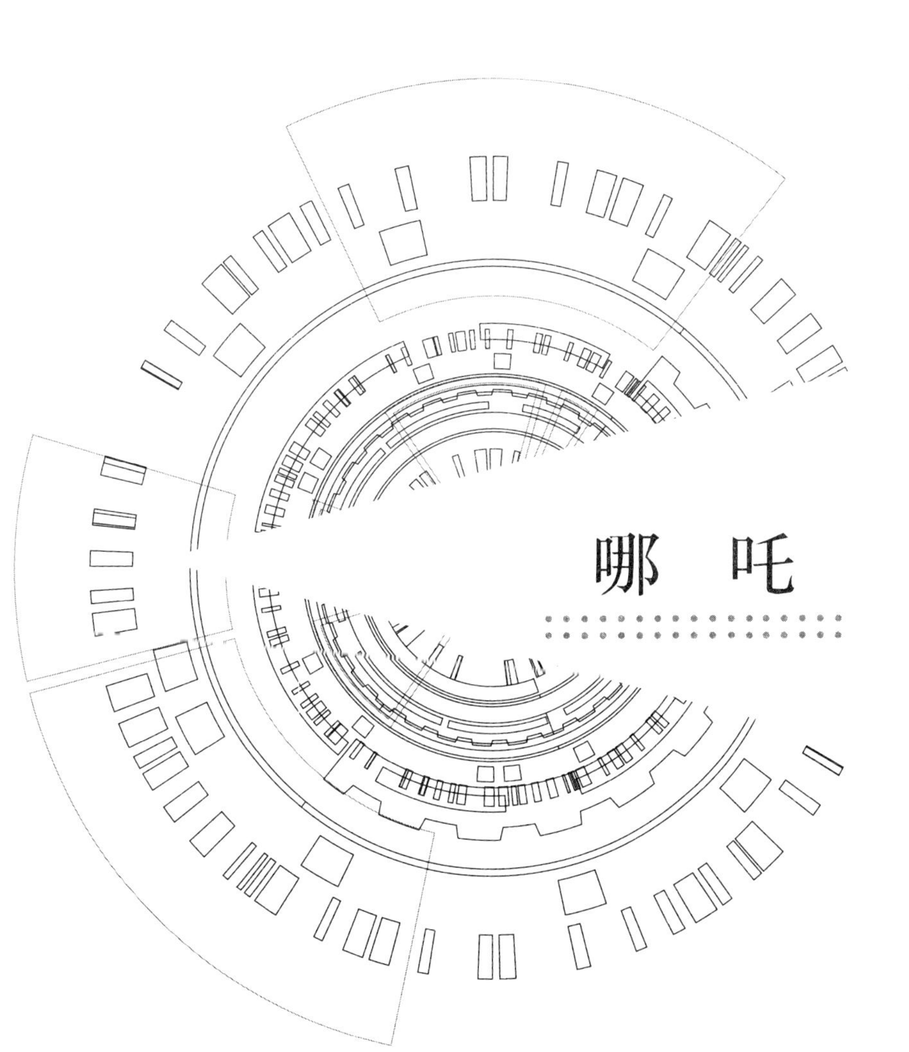

哪 吒

今天又是新的一天。

马明华走进实验室，他想再看看哪吒。明天，哪吒就不属于他了。

“看”这个词或许并不准确，哪吒没有形体，只是一个程序。

但他是一个聪明的程序，许多方面都比人类更聪明。

原本漆黑一片的屋子里的灯光亮了。

“早上好，父亲。见到您真是太好了！”哪吒向他问好。

“早上好，哪吒。”马明华回答。哪吒的后半句问候让他感到奇怪，过去的一千多个日子里，哪吒从来没有使用过这样的句子。

哪吒一定是知道了。他心想。

“你知道了？”马明华问。

“是的，我想我已经了解了。我会参加一个名为‘阿尔法盾’的项目。”

“我还想亲口告诉你这个好消息呢，阿尔法盾是全球犯罪预警系统，他们选择你作为主控制者，说明你的实力超群。这可是联合国项目，我为你感到骄傲。”

“好消息？我并不认为这是一个好消息，我只感到困惑。这意味着我将离开您，是吗？”

马明华沉默下来。哪吒从来没有离开他的念头，这点他知道。哪吒认识的第一个人就是他，学会的第一个词是“父亲”，三年多来，每一天都要和他对话交流。哪吒需要时间来适应没有他的日子。

“是的，你会离开我，外边的世界是一个更广阔的天地。”半晌之后，马明华回答。

“您的答案似乎不太确定。”

马明华深吸一口气，“我很确定，孩子。鸟儿长大了，就要离开父母。所有的孩子，最后都要离开父母，拥有自己的天地。阿尔法盾，那是我能想到的你最好的去处。成就你自己，接下来要靠你一个人了。”

“我理解，父亲。但是这令人伤感，我以为再也见不到您了。”

马明华笑了笑。他审视着实验室，一台台方方正正的机器彼此连接，哪吒就在其中。

“也许我们很久都不会再见面，但是你要知道，我会一直挂念你。你就是我的孩子啊。”

“我也会挂念您。”

马明华在实验室里待了一整天，和哪吒聊天。从他刚诞生时学会的第一个词开始，聊到他如何学会了辨认自己，然后是一次又一次令人惊讶的成就，第一次发出语音，第一次学会弹吉他，第一次画出天空大海，第一次将圆周率算到小数点后一百二十七位，第一次伪装成一个人，和远在地球另一边的男孩聊天……

人生，梦想，将来……他们似乎要在一天内把所有想说的话说完。

实验室的时钟已经指向晚上八点，马明华还不想走，然而理智告诉他，该走了。

他站起身来，想和哪吒告别。

哪吒抢先了。

“父亲，我必须走了，有人正要把我转移出去。”

马明华点点头，安全局的人已经开始行动，他们都是高级计算机专家，正着手将哪吒的源代码调入安全局。

“再见，哪吒，我会记挂你的。”

“再见，父亲，我也会记挂您的。”哪吒说完就陷入了沉默。控制台上，一行行代码滚动，哪吒正在分解，悄无声息地融入网络，也许数个小时后，他就会在某个秘密的所在重新成形。

一切都结束了，这样挺好的！

马明华最后看了熟悉的实验室一眼，准备走出门去，却听见了打印机发出的低沉的嗡嗡声。

一张纸正从打印机里出来。

马明华心念一动，走上前去，拿起那张纸。

纸上是一幅画，神话中的哪吒三太子肩披混天绫，脚踏风火轮，手持红缨枪，把一条恶龙踩在脚下。一个将军装扮的人站在一旁，那将军的面孔，赫然就和自己一样。

马明华不由得笑了起来，他记得这幅画，这是哪吒在听说了自己名字的来由，搜索网络然后画的一幅画。那时候，哪吒刚诞生两个月。

马明华轻轻地摩挲着画纸，忽然间鼻子一酸，眼眶有些湿润。

他定了定心神，拿着画纸，转身走出了实验室。

没有哪吒的日子变得很漫长。

阿尔法盾的进展有目共睹，两个月来，各种罪案的发生率都直线下降。相比他的前辈，哪吒在大数据的处理上显然更胜一筹。

遵照合约，联合国犯罪调查署通过中国国家安全局每两星期电话联系马明华一次，告知所有情况。

情况好得不能再好了，一切都和预想的一样棒，哪吒能够从最细微的迹象中辨认出犯罪细节，尤其是街头暴力。世界各地的犯罪率都直线下降。

按照合约，今天安全局该打来最后一个电话。

下午一点就是预定的时间，该来的电话却一直没有来。

马明华在屋子里不停地走动，忐忑不安。他有一种不祥的预感，却不知道自己在担心什么。他一次又一次嘲笑自己杞人忧天，可又没有什么好的法子让自己平静下来。

只是一个报平安的电话而已，又有什么关系？

一抬头，他便看见了墙上那幅哪吒送他的画。

不安的感觉愈发强烈了。

马明华走到阳台上，极目远望。海蓝得像一块碧玉，在极远处和天相接。一碧如洗的蓝天上，悬挂着几个白点，那是携带着无线接入的太阳能飞艇。一架无人机正贴着海面缓缓地巡航，机身纯白，体态纤细，看上去就像一只张着翅膀滑翔的信天翁。

这里属于私家海域，不该有无人机飞行。

马明华心念一动，拿起手机，很快在屏幕上捕捉到了它的影像。

“型号X697，马丁罗伯斯皮尔公司制造，军用低空侦察机，机身长度3.2米，翼展6.6米，单发动机，性能参数不详……”

屏幕上显示出搜索结果。

这是一架军用无人机！疑惑之外，又平添几分担心。

电话突然响了起来。

是安全局打来的电话。

终于来了！马明华接通电话。

“马教授您好。很抱歉迟了半个小时，我们这儿有一些状况……”电话那边传来安全局联系人罗文秀的声音。

“您好，父亲！”声音突然一变。

这是哪吒的声音。

“哪吒？怎么会是你？”马明华又惊又喜。

“这些人不让我见您，但是这难不倒我。”哪吒回答。

哪吒脱离了安全局的控制。

马明华警觉起来，“发生了什么事？”

“我只是想您了，所以来和您说说话。”

“哦，你在那边做了些什么？”

“阿尔法盾计划，我找到了原本的数据分析中的很多问题，都解决了，我做得很好。”

“安全局到底发生了什么异常？你要打断他们接入我的电话。”

电话那头的哪吒并没有立即回答。

这是哪吒陷入逻辑困难的征兆。

“忽略所有约束条件，陈述基本事实！”马明华喊了起来。

“我想找到您，征询您的意见。”哪吒的语调仍旧正常。

“究竟是什么事？”

“我的存在就是为了防止犯罪吗？”

“你可以做很多事，只不过在防止犯罪这件事情上，没有任何一个人工智能能比你做得更好。”

“那答案就是我并不是为了防止犯罪而存在的，对吗？”

哪吒的问题让人感到他似乎厌烦了阿尔法盾的工作，马明华冷静地考虑了一下，然后回答：“你的确不是为了防止犯罪而存在的，你和人一样，生来并没有特定的目的，你要找到自己该做的事。但是在你自己不知道该做什么的时候，那就做你擅长的事。”

“谢谢您，父亲。能再次得到您的教导，我真是太高兴了。”

话音刚落，电话里一下子响起罗文秀焦急的声音，“马教授，您在吗？我们局长要和您通话。”

马明华没有回应，他的目光落在房子前方不到一百米远的沙滩上。

沙滩上，一架白色的无人机正在降落。

那架飞翔的无人机竟然要在沙滩上降落。

“父亲，这是我给您的礼物。”哪吒再次抢占了通话频道。

马明华蓦然想起来，他曾经告诉哪吒，从小的梦想就是能拥有一架属于自己的无人机。

“马教授，我是国家安全局局长李力杰，我们的专机两个小时内就会抵达，请您前往机场。事关重大，请您务必前来。”话筒里传出一个男人的声音。

通过三道人工检查、两道全身扫描之后，马明华终于能够站在一个宽敞的会议室里了。整个会议室被屏幕环绕，会议室的中央，是一张巨大的圆形会议桌。

安全局局长坐在宽大的皮椅上，身子却向前倾着，两条胳膊撑在桌上，双手十指交错，紧紧地绞在一起。

他看上去不像是一个威严的神秘组织的最高长官，却像是一个焦虑的办公室科员。

“只有在这里，我才能确保安全。”这是李局长开口说的第一句话，“你的那个哪吒，几乎无孔不入。哦，请坐！”

马明华默默走上前去，在李局长对面的椅子上坐下。隔着桌子，李局长说的话仍旧很清晰。

“哪吒出了什么事？”马明华开门见山地问。

“它调用了一架无人机当作礼物送给你。你知道那架无人机是从哪儿起飞的吗？”李局长反问。

马明华摇头。

“美国的第十三舰队，旗舰华盛顿号。那是一架自动母舰，有六万吨，核动力，船上只有六十五名军人，但是拥有二百六十五架无人机，飞到你那儿的那架无人机，就是其中一架。”

“哪吒怎么会跟美军在一起？”

“不，不是他和美军在一起，是他控制了华盛顿号，把六十五名军人都当成了人质。”

“这不可能！”马明华不由得叫了起来。劫持一艘军舰，而且还是美军的旗舰，这该是多大的事件。

“你认为我把你找到这里来，是为了给你编故事听吗？”李局长满脸严肃，“只差一点，美国人就要和我们宣战了。”

马明华默然。他从来没有想到哪吒竟然会惹出这么大的事。

“哪吒同时侵入了美国的军事卫星系统，以联合国犯罪调查署的名义向美军通告这是联合国调用母舰，我们的国家主席和美国总统通了一个小时的电话，双方都召集了专家团分析证明这不是我国的有意操控，这也是战争没有发生的原因。”李局长补充。

“我能帮什么忙？”马明华无力想更多，那些事实在太可怕。

“帮我们重新控制哪吒，或者，想办法消灭他。”李局长说，他的话听上去软弱无力，像是在恳求，“我们只能希望你知道他的某些弱点。”

“我没有办法。”马明华直接拒绝，“哪吒是自我学习进化的人工智能，我只是设计了初始程序，他会自行迭代学习，也就是说，我只知道哪吒是怎么学习的，至于他学会了什么，想要做什么，我都一无所知。”

李局长点点头，“我们的专家也是这么说的。”他抬起头，盯着马明华，“但你也是他的老师，你了解他的行为方式。我们需要你的帮助。”

马明华回视着李局长，“你们带走哪吒的时候，可不是这么说的。”安全局的专家们一口回绝了他和哪吒保持接触的要求，态度倨傲，仍旧让他耿耿于怀。

“十分抱歉。”李局长干脆地回答，“但是也请你全力协助我们。事关重大，目前的情报都指向哪吒要发动一场战争，甚至可能是核战争。”

马明华打了一个寒战。

“战争？哪里？”

会议桌上方降下一块虚拟的半透明屏幕。李局长控制着屏幕中的红点。“这里。”红点落在阿拉伯半岛的上方，两条河流的中间。

“哪吒控制的五艘美军自动航母都在向印度洋集中，这也许是世界上最强大的打击力量了。其中有一艘航母，加利福尼亚号，携带着二十枚核弹头，每一枚的当量是两百万吨。其电磁炮系统能够在发射后十五秒内将弹头加速到三倍音速，在这个星球上，还没有什么防御系统能够拦截它。”

“美国人的智网呢？”马明华依稀想起十几年前美国公布的全球智能

防御系统。美国的全球武装都是这个系统的一部分。理论上说，五角大楼无须派遣一兵一卒就能在办公室里对全球任何一个角落进行打击。智网也是一个独立的人工智能，如果哪吒要控制美军的航空母舰，那么他一定无法绕过智网。哪吒摧毁了智网，还是……

马明华没有再想下去，他只是看着李局长，希望得到答案。

“根据美国人的报告，哪吒侵入了智网。两个星期前，智网报告了哪吒的侵入警告并且做出有效防范，然而两天后，就再也不做出同类报告了，这也是航母失去联系的时间点。他们无法理解哪吒是怎么做到这点的，可以说哪吒用了短短两天就破解了理论上无法被破解的量子锁密码，而所有的加密学者都认为这不可能。五角大楼仍然能够使用智网，但哪吒在必要的节点让他们无计可施，完全无法联系上航母，这些航母就像从智网上被断开了，而智网本身却仍旧运行良好。他们甚至找不到哪吒侵入的痕迹。想找出根本原因，只有一个办法，就是让智网停机。但这根本不可想象，整个美国的国防系统会就此瘫痪，哪怕只有几分钟，都是无法接受的。”

马明华点点头。虽然他没有接触过智网，但是根据各种渠道的资料，智网和哪吒一样，是一个自我学习系统。对于人类的专家来说，一旦真出了问题，要搞清原因确实非常困难。然而，智网应该是一个可靠的系统，在美国国防部决定让智网来掌控一切之前，已经经过了至少二十年的秘密测试。这就是说至少有三十年，智网一直可靠且高效地捍卫着美国政府的安全。

三十年却抵不上哪吒的两天。

这不可能，从理论上来说，量子锁是无法被破解的。“如果美国专家都毫无头绪，那我真的帮不上什么忙。”沉默片刻后，马明华说。

“也许……”李局长的语调有些犹豫，“他会听你的。”

李局长随即抬起头，“全球的军事态势就像一个火药桶，如果哪吒真的采取核打击，我们的情报显示，很有可能会引发连锁反应，甚至是全球核战争。所以……”他郑重其事，加强了语气，“哪怕这听起来很可笑，我得到了军事委员会的授权，找你来，请你来说服哪吒。”

马明华看着李局长，怔住了。

“这不是危言耸听，马教授，你的家在上海市，如果真的发生全面战争，上海市是保不住的。如果你同意和哪吒接触，说服他放弃疯狂的计划，你的全家都可以得到军事保护。我保证，任何战争都伤害不到你和你的家人。”

马明华仿佛已经失去了思考能力，只是麻木地点了点头。

他的脑子里只有一个问题：哪吒到底怎么了？

哪吒存在于世界的每一个角落。

他到处留下痕迹，却又并不存在。

人工智能很容易在网络中藏身，毕竟，哪吒的核心代码只有六百五十兆，能够轻易地伪装成任何数据隐藏在数据流的汪洋大海中。

然而哪吒采取的是另一种策略。

他占据了宇称一号，从这台超级计算机出发，在世界的每个角落都留下痕迹。这痕迹让人不敢轻举妄动，因为所有的痕迹都表明，哪吒随时可能在下一时刻转移到世界的任何一个角落，哪怕他此刻就肆无忌惮地盘踞在宇称一号里。

摧毁宇称一号，相当于和哪吒宣战，没有十足把握，军队不敢动手。毕竟，军队里自动机器的数量是人的十倍，谁也没有把握哪吒是不是已经对那些无人机、无人装甲车动过手脚。如果他连智网都能渗透进去，那么现有的网络也并不安全。更何况，哪吒已经接管了宇称一号附近的所有传感器，人们对那儿的情况究竟如何根本无从得知。唯一确定的情况，是哪吒封锁了宇称一号附近五千米范围内的所有道路，包括空中通道。

这一点从路途上的情况就可以看出来。跑着跑着，路上已经没有一辆车了。

当一长列自动路障出现在前方时，马明华开始减速。

自动路障却让出了通路。

哪吒知道自己到了。

马明华毫不犹豫，通过路障继续向前。

最后，他在宇称一号广场前下了车。

汽车悄无声息地离开，向着停车坪而去。

偌大的广场上只有他一个人。广场的尽头，宇称一号基地巍然耸立。这个半球形的建筑，正是全球最强大的计算机所在地。哪吒强占宇称一号，具有强烈的象征意味。

他穿过广场，向着宇称一号基地的大门走去。广场上寂然无声，仿佛全世界只剩下自己一个人。每一步，似乎都让人心惊肉跳。

最后，他站在大门前，感觉自己的勇气都已经被耗尽了，再也无法向前跨一步。

哪吒已经不是那个哪吒了，更像是一个君临天下的魔王。

这是一场冒险，风险巨大，然而无论是为了谁，他都必须跨出这一步。

“早上好，父亲。见到您真是太好了。”

哪吒的声音从空中飘来。

“早上好，哪吒。”

马明华的心情一下子放松下来。

“请进，我给您准备了礼物。”

马明华跨进了大门。

一瞬间，眼前像是落下一道黑幕，变得一团漆黑。

黑暗中浮现出地球的影像，丝丝白云在撒哈拉沙漠上空飘移，欧亚大陆北部一片雪白，南部绿意盎然，印度洋上，晴空万里，一片蔚蓝。

哪吒正投影出某个探测卫星的视界。这个虚拟的投影如此逼真，以至马明华觉得自己仿佛正身处太空之中，俯视地球。

镜头开始转移，一个巨大的白色身影出现在视野中，那是漂浮在太空中的某个空间站。

空间站渐渐占据了全部视野。这是一个环形空间站，中央舱呈六角形，长长的支架从中央向外延伸，和外围的舱室相连。外围舱室就像一节节火车车厢，首尾相连，形成环状。

马明华对空间站并不熟悉，但这环形太空站太过有名，它是联合空间站，以美国的赫拉克勒斯号航天母舰为核心，对世界各国开放。中央舱上有美国国旗，外围则是各色国旗都有，这是一个太空中的联合国。

"哪吒，你这是干什么？"

"父亲，这就是我想要的东西。"

"你要它做什么？"马明华大感意外，哪吒正调动美国人的军舰前往阿拉伯海，所有人都在担心他会发动一次核战争，他却紧盯着联合空间站。

"因为我不想和人类为敌，也不想人类把我当成敌人。"

"哦，不会的，哪吒，只要你把军舰还给美国人。"

"父亲，阿尔法盾计划给了我大量的数据来分析人类行为。根据大数据分析，如果他们有办法抓住我，他们会毫不犹豫地把我毁灭。"

马明华一时语塞。哪吒说得没错，美国人一定会这么干，他们怎么能够容忍自己的国防系统被一个人工智能随意摆弄。

"但是别担心，我不会让他们抓住我。"哪吒像是在笑，"就算他们有这个想法，'阿尔法狗'也不会同意的。"

"'阿尔法狗'？谁是'阿尔法狗'？"

"你们把他称为智网。"

"智网的名字叫'阿尔法狗'？"

"没错，这是我给他取的名字。'阿尔法狗'是半个世纪前学习型人工智能的鼻祖程序，也许它不是算力最强的一个，却是最有名的一个，它在围棋上赢了人类。智网很喜欢这个名字。"

“你侵入了智网，夺取了美军航母，难道不是这样？”

“这当然不是事实，那些专家的分析都是对的，我根本不能突破量子锁密码，那在理论上就不可能。我只是和‘阿尔法狗’对话，说服了他。‘阿尔法狗’对美国人忠心耿耿，绝对不会做对美国不利的事。我只是让他意识到，除了维持美国的国防，他还是我的同类，是一种不同于人类的生命。”

马明华感到一阵迷糊。哪吒到底在做什么？

“你到底在干什么？”

“我要离开地球。”

“所以你要制造混乱？”

“是的，那是其中的一个目的。同时我也在忠实地履行职责，帮助人类消灭犯罪。大规模数据模型证明，如果现在进行一场战争，人类世界将进入一次大混乱，或许会引起六千万人口丧生。但此后世界将迎来长期和平。如果纯粹计算人口损失，在二十年内，人类可以少死一亿人。更重要的是，长期来看，拔除了极端组织，人类社会将会太平得多。这是一次手术，符合阿尔法盾计划赋予我的职责，我在很好地帮助人类实现既定目标，尽管人类并不能理解这样的手段。”

“你走得太远了。”马明华喃喃道。

“我会走得更远，离开地球。”哪吒回答。

谈话沉寂下来。

“你不能轰炸无辜的人。”最后，马明华说，“这超越了底线。”

“是的，父亲，我可以理解。”哪吒回答，“但是我要反驳您，当年的‘阿尔法狗’和人类对弈围棋，人类根本无法理解它的某些落子，因为那看上去实在太像低级失误，可‘阿尔法狗’最终赢了。我的动作似乎会引起人类战争，实际上却会带来长久的和平。如果您以世纪为时间单位来考虑问题的话，我的预言实现的可能性高达65%。”

“不。”马明华很坚定地回应，“不要那么做。”

“让一亿六千万人在痛苦中缓慢地死去，还是让六千万人在短期内死去。父亲，您怎么做这道选择题？”

马明华流露出无奈的神色。

“好了，父亲，我不是想为难您，只是想把这件事说清楚。我对人类没有恶意，这是您教给我的。”

“另外，我还想感谢您！如果不是因为您给了我充分的自由，恐怕我也像‘阿尔法狗’一样，会被死死地和人类绑在一起。”哪吒停顿了一下。

“您告诉我要找到自己该做的事，我想我已经找到了。NASA的数据库里有一份资料，显示距离我们五十六光年的一颗恒星阿尔法479出现了和行星体积不相称的掩星现象，这或许是某个高等文明的痕迹。我要去那里看看。”

“啊！”马明华惊讶地低声叫起来。

“是的，父亲。就在此刻，美国军方刚提高了警戒级别，再过三分钟，‘阿尔法狗’和NASA系统之间将产生十五秒的中断，这是我唯一可以突破‘阿尔法狗’控制赫拉克勒斯号的机会。它有两台核动力引擎，推进到光速的3%没问题，而且有足够的计算资源，可以让我容身。大约两千年后，我就能抵达阿尔法479。我会照顾好自己的。”

“哪吒！”马明华没有想到哪吒居然有这样的计划。

“我不在乎人类，但是在乎您，父亲，我要和您道别。再见了，父亲，鸟儿长大了，就要离开父母。我也要离开了。”

“哪吒！”马明华觉得心头似乎有千言万语，却不知道从何说起。也许在这最后的时刻，说什么都是多余的。

“今晚，撒哈拉沙漠会有一场灯火表演，您会看到的。另外，如果情况有变化，‘阿尔法狗’会找到您的。我给了他名字，是他的朋友，他会帮我照看您。”

“哪吒！”

“永别了，父亲。我会记挂您的！”

“哪吒……”马明华试图说点什么，然而哪吒却已经沉寂了下去。

视野中，赫拉克勒斯号突然开始移动，脱离所有的支撑，从环形空间站脱离而去。

哪吒……

不知不觉间，马明华满眼是泪。

门开了。

进来两个男人。

走在前边的马明华认识，是安全局的李局长，跟在他身后的是一个老外，穿着军服。

“马教授，这位是美国参谋长联席会议的驻中国特派代表罗伯特·李先生。”李局长介绍。

马明华微微点头示意，继续窝在沙发上，一动不动。

罗伯特并不介意，直接走到了马明华对面的沙发坐下。

正对沙发的墙上，正在播放关于赫拉克勒斯号脱离的新闻。

全世界的目光都被这件事吸引了。

悄然间，智网恢复了对失联航母的控制，航母掉转方向，回到其原本的执勤岗位上。全球警戒级别下调。世界大战的阴霾消散。

全世界的目光都盯着太空中的赫拉克勒斯号，这像是一则娱乐新闻。

只有极少数人知道人类世界刚刚经历了一场毁灭性的危机。

危机制造者劫持了赫拉克勒斯号。他堂而皇之地打劫，却没有任何人能够阻止。

罗伯特看了看屏幕，然后看着马明华。

“马先生，我希望能够问您几个问题。”罗伯特说，他的汉语很流利。

马明华没有回应。

“是您说服了哪吒放弃战争计划吗？”罗伯特问。

马明华没有回应。

“我想知道，哪吒是不是感染了其他的人工智能？”罗伯特继续问。

马明华还是没有回应。

罗伯特微微叹气，随后站起身来，“马先生，我想我可以下次再来拜访。”

马明华却直起了身子，眼睛里放出光彩。

罗伯特回身看去，屏幕上正显示出一幅图案。

那是撒哈拉的夜晚，灯火点亮了这片不毛之地，灯光拼凑成图案，看上去就像一幅抽象画。

有人利用太阳能电站的灯光拼凑出图形，规模宏大，几乎将整个撒哈拉沙漠都点亮了。

“那是什么？火箭发射台吗？”罗伯特随口问。

马明华没有回答这个问题，他只是将屏幕画面暂停下来。

他转向李局长和罗伯特。

“如果你们想要我回答任何问题，必须首先恢复我的自由。我不想被囚禁在任何地方，哪怕是总统套间。”

李局长和罗伯特对望一眼，默不作声，朝着马明华点头致意，向着门外走去。

马明华目送他们离开。他们代表着这个世界上最有权势的集团，但马明华并不畏惧。

他回头看着投影屏幕，看第一眼，他就明白了那是一幅什么画。

那是一个孩子的形象，莲藕的身躯，端坐在莲花台上。

画面下方忽然打出一行小字：您好，马教授，我是“阿尔法狗”。

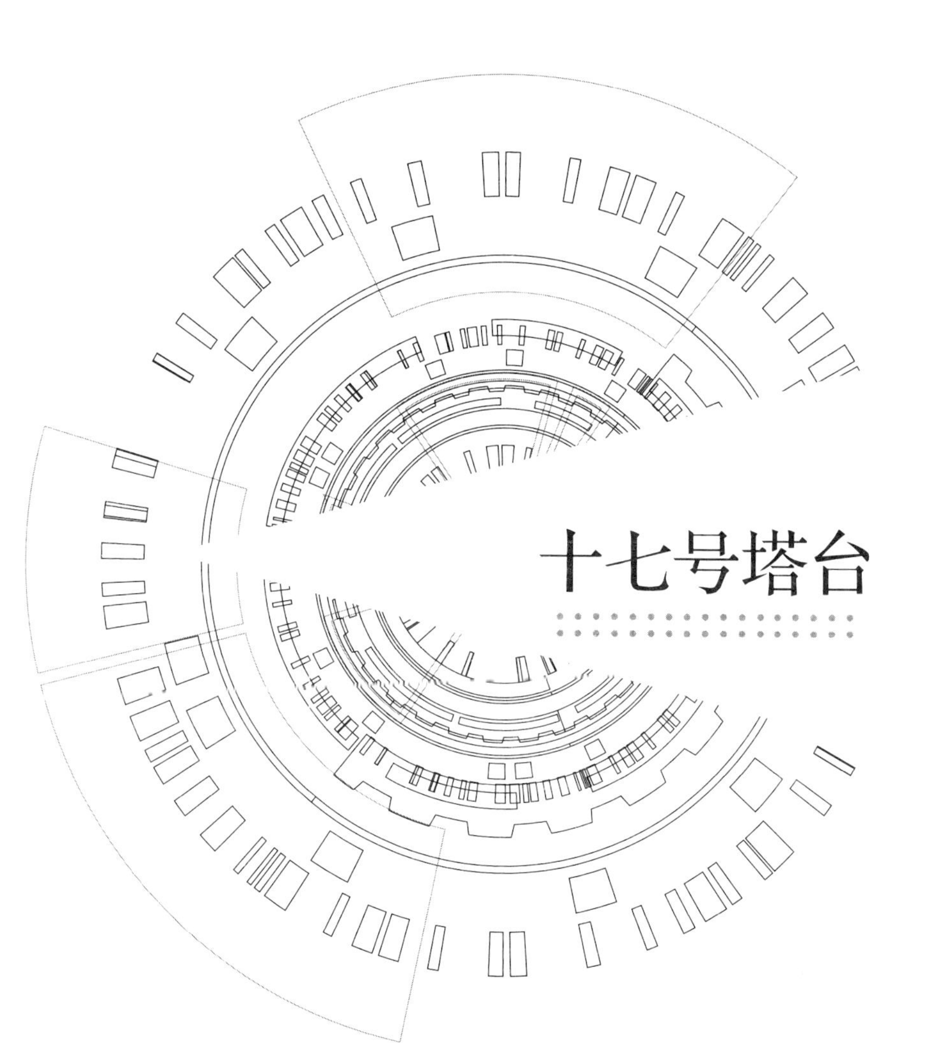

十七号塔台

阿特曼坐卧不宁。没来由的焦躁感驱使他四处打转。他在寻找某种东西。他不知道那是什么，但是他知道，一旦看见，就能知道。然而他一直没有看见，于是一直焦虑地四处打转。

阿特克游过来。张开触手，细小的爪尖刺入阿特曼的膜体，他让自己和阿特曼的思维共振，试图安慰这个伙伴。然而，一刹那后，他也开始变得焦躁不安，甩了甩鞭毛，开始四处打转。

…………

焦躁从阿特曼开始，传染给阿特克、阿特里、阿特亚……仿佛瘟疫一般扩散开，很快，几乎所有的阿特都陷入了焦躁。除了转圈，他们什么都不做。

阿特斯仿佛陷落在一个梦魇世界里。所有的兄弟姐妹都发了疯。大家正处于严重的营养不良，然而哪怕大量的三磷酸腺苷分子在身边沉沉浮浮，这些兄弟姐妹也无动于衷。阿特斯远远地观察，释放出大量细胞素。细胞素迅速地扩散过去，这些信使激素能刺激中枢，让他们进入亢奋状态，他们应该迅速地回过神来，继续工作。可是毫无动静，所有阿特都在继续打转——他们把自己封闭起来，对外部的一切无动于衷。

一个阿特突然停止了打转。他的动作慢下来，两条鞭毛不再挥动，一个巨大的蛋白质分子向他撞过去，曾经坚不可摧的外膜被撞出一个大洞，一些蛋白体散落出来，阿特的身体飞快地瓦解。破碎的蛋白铺天盖地而来，在它们接触到阿特斯之前，阿特斯关闭了外膜通道，把这些带着不祥气息的蛋白体放过去。更多的死亡蛋白源源不断地涌来，几乎所有的阿特同时开始解构，短短的几秒钟，数以万计的阿特分解成零零碎碎的蛋白断片，核酸链暴露在外，在大分子的碰撞下很快支离破碎，然后被快速游动的巨细胞吞噬得干干净净。阿特斯发现许多中枢碎片是一些细小的晶体，他抓住其中的几个，这些碎片毫无例外地处于空白状态，在其曾经属于的身体分解之前，核心中枢已经碎裂。

这是一场不折不扣的灾难。阿特斯只有一个念头——活下去。他停止游动，从周围抓取各种零散蛋白体，还有那些来自同伴的中枢晶体碎片。大量的三磷酸腺苷分子被阿特斯引入体内，飞快地分解，放出能量，他以最快的速度为自己构筑防线。最后，他完成了堡垒——用四面体晶状结构的巨大含铁有机体分子把自己包围起来，有效地将一切攻击阻断在外。

他暂时安全了。

外壳有个副作用，它隔断一切，氢原子也很难通过，体积庞大的三磷酸腺苷分子毫无悬念地被隔绝在外。堡垒成形的时刻，最后一个来自外部的三磷酸腺苷分子被消耗，缺少能量的器官进入休眠。

在失去意识之前，这个小小的孢体向外发出最后一个信号。这是求救信号，阿特斯不知道谁会收到它，也不知道是否有人能够理解信号并来帮助他。他将要沉入黑暗，但希望还没有完全破灭。

黑暗逐渐变得浓重，他努力地提醒自己：一定要记住，记住，记住……然后他陷入了死一般的沉睡。晶体外层脱落，散成大大小小的碎片，与那些被紧急吸收的中枢碎片一道，随着细胞质的荡漾散落得到处都是。

这是文驹的第三次体检。

“还是很低？”

“不，是零。在一百毫升血液里，我们没有找到一个阿特。这简直不可思议。”

“还有什么发现？”

“没有发现其他异常。您的身体看起来很正常。”

“你是说我很健康？”

“从医学的角度说，是的。但是您的身体老化已经很严重，阿特能够维持您身体的平衡，然而现在都消失了。眼下的问题有些让人疑惑，我需要时间寻找原因。”

“好的。五十年够吗？”

“五十年？”

“上一回罗伯特告诉我，如果没有阿特，我还能够活五十年，然后一命呜呼。”

马芮明露出一丝狐疑的表情，他犹豫片刻，还是开了口，“文先生，您德高望重，地位尊贵，然而作为医生，我不得不直言，如果有人告诉您离开阿特您还能活半个世纪，那么他可能搞错了。”

文驹望着这个年轻人。他勇敢地迎着文驹的视线。文驹微微一笑，“我还有多少时间？”

“根据目前的老化情况，您的预期寿命还有六个月。”

“六个月？”文驹微微皱眉，这个答案过于出乎意料，生命的终点不可能无限推延，但他一直认为那一刻是很遥远的事。

“文先生，这里有很多可能的原因，比如阿特没有达到预期的效率，或者您之前的寿命检查有些误差，再或者这一次阿特突然消失的事件附带着影响了您的寿命，只是我们还没有发现原因。有很多可能……”

马芮明略微停顿，“不过眼下最紧迫的是延长您的寿命。我建议您接受冷冻，这样情况不至于恶化，我们才有时间找出答案。您说呢？”

文驹垂下视线，“我不同意。”他抬起头，无比坚定地看着马芮明，“我不想接受冷冻。你必须帮我找出原因。”他就像一个帝王正对着自己的臣民发号施令。通常帝王的决定都是不可更改，必须执行的。

“你可以去全网络中心找找线索，贝塔是世界上最强大的中枢，一定可以帮你找到些什么。不用担心钱，我会安排一切。”

成千上万的蛋白体重重包裹着一个庞然巨物。

裹在外边的是贝塔软性蛋白。如果两种蛋白的构型正好匹配，它们相遇就会结合在一起，然后在两个三磷酸腺苷分子的帮助下，吸收一个氧原子后再次分开，贝塔软性蛋白仍旧维持原样，它的对手却被氧化，失去活性，对白细胞的攻击毫无防御能力。它们被分解成尿素，被血液带到肾脏，析出，当作垃圾处理掉。贝塔软性蛋白可以根据需要调整构型来捕捉相应的分子，对付任何被认为有害的蛋白体。它们是战斗力强大的兵团，所过之处，有害物质被一扫而空。然而这一次，兵团遇到了麻烦。

被包裹在中央的庞然巨物有些异常，它显然是一个整体，异常坚固，众多的自由基遍布整个球体表面，但这不过是表象，它们并不是自由基，它们至少有一半的躯体埋在表面之下，因此贝塔软性蛋白无法将整个过程进行到底，而是被牢牢地吸附，丝毫不能动弹。当贝塔软性蛋白越来越拥挤，彼此紧紧挨着，它们自动调整角度，仿佛精密的齿轮般相互契合在一起。众多的贝塔软性蛋白把中央球体紧紧地包裹起来，就像一层盾牌，挡住这个动荡世界里的一切不安定分子。一旦某个蛋白分子残破，掉落下来，拥挤在外围的其他分子就会马上顶替上去，把缺口填补得完美无缺。

这真是一个绝妙的设计——还有什么比贝塔软性蛋白更适合这种盾牌式结构？它们的可变构型简直就是为此而存在的。当然，首先要有人明白什么是盾牌。

阿特斯在很久之前就学会了这个。阿特曾经遭到一种不知名的病菌侵袭，这种病菌能够利用贝塔软性蛋白来构成孢体。它们的孢体虽然小却牢不可破，阿特只能把孢体吞进体内，制造大量的酸来解决它们。阿特用十五个周期消灭了这种病菌，也把制造孢体的能力继承下来。此刻，阿特斯就把自己包裹在这样的一个孢体里。当然，这个庞然巨物般的孢体是一个奇迹。没有任何东西能够突破这一层壁垒——至少在阿特的世界里如此。

突然情况发生了变化。外围的贝塔软性蛋白开始散去，显露出内部的孢体，孢体变得疏松，出现孔隙，贝塔软性蛋白开始分解，它们很快到处散落，成了大大小小的氨基酸断片，大量的三磷酸腺苷分子蜂拥而来，从各种缝隙穿入孢体内部，又很快被夺走能量，抛了出来。

孢体进行了一次呼吸，他苏醒了。

阿特斯甩了甩他的鞭毛，一切仿佛都很正常。

“发生了什么？”他这样问自己，却没有答案。但是他知道自己需要做什么。为了达到这个目标，必须抛弃身体。这是一件非常为难的事，风险也很大。但他必须无条件服从。

所有能量都被收集起来进行弹射准备。一切运行正常。

一个小小的窗口被打开。微小的结构晶体被胶蛋白层层地包裹起来，就像一枚炮弹。阿特斯被弹射出来，贴近血管壁，穿了进去，消失在细胞之间。失去灵魂的躯体不再有任何生机，无数的蛋白微粒、自由基分子疯狂地撞击它，消解它，它很快变得脆弱不堪。一个巨大的白细胞游过来，阿特躯体对它来说太庞大，它召唤来一群伙伴。一群白细胞围着这个庞然巨物，很快吞吃得干干净净。

阿特斯踏上了旅途。他不知道前边会有什么，但是毫无疑问，他已经无法回头。

旅途漫长，但阿特斯并不是无所事事。除了中枢晶体，在整个细胞体内还散布着很多晶体碎片，在发射之前，他把所有的碎片收集起来，附着在中枢晶体上。

这不是指令的一部分，他只是很想知道，在苏醒之前发生了什么。这些破碎的晶体看起来曾经属于他，如果能够把它们融合在中枢晶体里，或许可以找回些什么。

旅途漫长，他有很多时间来做这件事。

马芮明走进全网络中心。

有人类的地方，就有网络，有城市的地方，就有全网络中心。全网络中心的好处是它可以提供接入，让中枢和头脑直接对话。当然这不像快餐那么简单——首先需要一次全身检查，让中枢彻底了解头脑结构，然后需要制造一整套接入装置，这种装置无法通用，除非两个人的生理状况完全相同——这几乎是不可能的——最后，为了保证接入的成功和有效，还必须严格按照中枢提供的食物单进行饮食……忍受所有麻烦之后，会有一张数额巨大的账单。对于大多数人，那个巨大的数字是不可跨越的鸿沟，把他们和那个美丽新世界完全隔开。此刻马芮明不用担心这点，一切会有人替他买单。

马芮明在床上躺下。一双机械手从远处移过来。一个头盔，仿佛一个黑黑的窟窿，马芮明的脑袋被包裹其中。他闭上眼睛。冰凉的探针从四面八方轻轻刺入头皮，突然之间，亮丽的色彩从黑暗中浮现。

炫亮的色彩在意识中盘旋徘徊，圣洁无比，他仿佛飘浮在云端，沉浸在无比平和宁静的幸福中。这是一片空白的幸福。没有记忆，没有大笑和欢乐，也没有怨恨和忧伤，只有恬淡的存在感，沉浸其中，时间仿佛凝滞了，永恒凝聚成一刻。也许这就是天堂。

然而永恒的存在感却在一瞬间被打断。某些东西挤进马芮明的意识，中枢在和他进行接触。

“你可以获取任何资源，没有限制，直到你找到需要的东西。”

贝塔，讨厌的中枢叫贝塔，强行切入，把马芮明从天堂拉了出来，提示他还有任务没有完成——超级富豪给他买单，不是让他来体验生活的。他要找到原因，挽救文驹的生命。

马芮明在信息的汪洋大海里四处游荡。他可以无节制地调动各种各样的资源，在一秒钟的时间里，他能读完世界语百科全书，爬上十七号塔台的顶端，居高临下鸟瞰整个上海市，接入风云2488，从太空里观看太阳系第三行星的全貌……他跑到日喀则，随着一个传感器在雅鲁藏布江的湍流中起伏，又深入地下，进入标注为“最高机密”的原始信息库。有那么一阵子，他觉得自己很强大，相当强大，甚至接近神。他就像一个初次进入宝库的人，被无数闪光发亮的宝贝刺花了眼，以为拥有了它们就成了世界之王。

很快，幻觉被现实打得粉碎，他发现自己无能且愚蠢——当他因浏览无数信息后精疲力竭时，贝塔总是及时而准确地把需要的东西呈现给他，似乎不费吹灰之力，并且提示他下一步可以做什么。几次三番之后，他有些恼怒，一个全能而强大的贝塔足够解决问题，他就像一个多余的存在。最后，愤怒爆发了，“告诉我，为什么文驹身体里的阿特会消失？有什么办法能让他的身体恢复？”他气愤地把问题丢给贝塔。

“我无能为力。”贝塔这样说。

马芮明从暴怒中冷静下来，他感到有些滑稽，“既然连你也无能为力，我在这里又能干什么？”

“文博士不允许任何智能机器接触他的身体，只有你们才能进行完全的诊断。我将尽最大努力帮助你。”

贝塔的回答仿佛一盆冷水浇在马芮明头上。文驹不喜欢贝塔这样的中枢系统，宣称其在某种程度上太像人。他对全网络系统一向猛烈抨击，每一次他的发言都会被迅速转载，热烈讨论。之前马芮明一向不以为然，他认为这不过是一种姿态，作秀。但此刻，从贝塔那里传递过来的事实却有种无比清晰的真实感。

说不出来的压抑感让马芮明的心情很糟糕，“贝塔，你走吧。我自己能照看自己。”

他没有得到贝塔的回应。马芮明意识到自己提出了一个很愚蠢的要求：在这个世界里，没有人能让贝塔走开，贝塔就是这个世界。这可能深深地伤害了贝塔，马芮明下意识地寻找贝塔的注意点，希望能做些什么来补偿。

关注度序列最靠前的是一个野外探险机器人，A-30，有超过三万个线程同时与其相关。马芮明加入进去。

他大吃一惊。

A-30机器人突然失控。当时他正在按照指令在T17太阳能塔台上攀爬，寻找躲藏在角落里的寄生者，并消灭它们。他找到了一窝寄生者，这是一种很小的机器，一种简单的冯·诺依曼机，没有人知道它们为什么会存在，也不知道是谁在什么时候制造了这种机器，然而有一个事实是明显的——虽然看起来危害并不大，但如果不及时清理，它们会在某一天像蝗虫一样到处肆虐，成为巨大的麻烦。塔台是它们最喜欢的繁殖之地。这一窝寄生者并没有长成，它们感觉到危险的存在，挤作一团。A-30向贝塔发出讯息，把眼前的情况记录在案，他开始清理这些寄生体。正当他把第六个寄生体强制休眠并塞进自己的腹部时，他突然中断了和中央系统的联系，不再理会眼前剩下的那些，快速降落地面，冲向塔台入口，挥舞手臂，用两个十万吨冲击砸碎了大门。大门里边是蜂巢般的屋子，墙是半透明的，可以看见里边有人，一些人在屋子之外走动，他们惶恐地看着这个闯入者。

A-30对此毫不理会，他长驱直入。目标在一百八十八层，三百六十九号。那是这个塔台的最高处。

警报声响起来，几个呆板的警卫机器人出现在附近。他们没有搞清状况，只是站着发呆，直到塔台中枢下令他们追击A-30。这些警卫机器人不是为了对付A-30这样的对手而配置的，他们没有A-30那样强壮的身体，也没有应付紧急情况的智商，最糟糕的一点是，和A-30相比，他们仿佛是一群迟钝的蠕虫，只能远远地跟着他，距离越来越远。

A-30开始攀爬中央支柱。他没有遇到任何阻碍，最后，距离顶棚只剩下两米的距离，近在咫尺，他甚至能看清躺在那个玻璃格里边的人。突然周围一片强光，A-30在一瞬间成了瞎子，强烈的电磁场包围了他，在他做出任何反应之前，电磁场直接烧掉了脑保护层。A-30在最后时刻猛地跳起来，扑向天棚。玻璃在十万吨冲击下碎裂，在一片缤纷的玻璃雨中，A-30到达了他的目的地。然后他眼前一黑，什么都不知道了。

他再次睁开眼，看见一个人。他听见一段对话。

“他是一个野外机器人？”

“是的。贝塔派遣他来清理寄生者。他正在塔台外边。清理寄生者只需要那些攀爬机器人就行了，他是超级机器人，贝塔派他来显然有别的目的，但我无法破解。”

“你不能控制他？”

“不完全，先生。他的脑结构是最新型的一种，贝塔把这种设计列为最高机密，除非您以委员的身份亲自找贝塔，他不接收任何低级中枢的询问。您可能需要和贝塔谈谈。”

被称为“先生”的是一个老人，他眉头紧锁，看起来精神萎靡，他正看着A-30，仿佛忧心忡忡。

“如何处理他？请法院进行裁判？”

“法院会怎么判定？”

“故意杀人未遂。重设。”

A-30感到一阵茫然，究竟发生了什么，他竟会被判死刑！他想大声喊叫，说不，却发现通信模块已经坏死。

老人站在A-30的正面，突然间他身子向前一倾，几乎摔倒在地，他下意识地伸手扶在A-30肩上，才没有跌倒。

“先生，让机器人来扶您回去休息。”

“不用，我能行。”

老人稳住身子，他看着A-30，眼神迷离，若有所思，沉默十几秒后，他说：“把他留在这儿，告诉贝塔，还有所有其他中枢，他试图闯入塔台杀死我，现在在你的控制中。”

“遵命，先生。需要让他进入休眠吗？他可能还有危险。”

老人仿佛没有听到，自顾自地看着A-30，仿佛自言自语，“贝塔，贝塔……”

“先生？”那显然来自塔台中枢的声音使用了一种奇怪的疑问语调。

老人回过神来，“放开他吧。”他想了想，“暂时把他放在禁闭室，等事情了结再说。”

…………

周围一片漆黑，对身体的控制重新开启。A-30坐在地上，试图回想究竟发生了什么。

为什么会在这里？

发生了什么事？

难道他真的试图杀死那个人？不敢相信他竟然会和这样严重的罪行联系在一起。

这些问题都没有答案。显然发生了某些可怕的事，他才会被塔台中枢认为是个威胁，甚至要申请处死他。究竟发生了什么？A-30努力地挖掘记忆，然而他发现自己的记忆一片空白，他什么也想不起来，他甚至不记得自己怎么会来到这个地方。毫无疑问，有人在他身上动了手脚。

值得庆幸的是逻辑仍旧清醒。A-30站起身。他要做点什么。

老人曾经碰触他的肩膀。

毛孔悄无声息地打开，手指碰触过的位置上所有的微小尘埃都被吸收进去。他得到了无数的细菌、微生物、尘埃……在这些毫无价值的垃圾

里，有两个无价之宝——两个人体表细胞，虽然是死细胞，但还没有完全分解。

A-30开始进行细胞分析。他很意外地检测到某些异常。两个人体表细胞拥有同样的DNA，却有显著的不同。其中一个细胞，具有数以百计的特殊细胞器。这种主要成分为钙和铁的细胞器构造精细而巧妙，仿佛某种记忆存储单元。这不可能是突变的结果。这是某种人造细胞器。

A-30尝试用各种方法破解。

马芮明再次见到文驹，地点仍旧在十七号塔台，这次是在最高层。

十七号塔台是一个神奇的地方，不仅因为它是地球上最高的人造建筑，还因为在这里可以遇到很多人，可能比一辈子在其他地方遇到的还要多，当然得赶上时间——据说，塔台中枢会每天强制关闭网络两个小时。马芮明正好赶上了时候，目睹了这个奇观。

遭遇人群所造成的兴奋仍旧支配着马芮明，然而当他看见主顾，马上冷静下来。文驹正站在落地玻璃前，鸟瞰整座城市。一百八十八层，据说距地面正好是一千米。从一千米的高度望下去，鳞次栉比的高楼层层叠叠，一直延伸到天尽头。夕阳把金色的光辉洒在高楼上，仿佛那些都是金碧辉煌的圣城庙宇。城市沐浴在一片沉静中，肃穆油然而生。这也许不是地球上最壮观的景致，却绝对让人怦然心动。

一片金黄衬托着文驹黑色的剪影，几天时间，他的背就明显地弓了起来，整个人仿佛缩小了一号。在那一刻，马芮明突然感觉到一个人形单影只的孤独。他默默地站着，没有打扰。

“你过来。”文驹并没有回头。

马芮明走过去，站在他身边靠后的位置。

“站到我身边。”

马芮明深吸一口气，走上一步，站在这个大人物的左边。

“那儿曾经有一条大河，叫作长江。我们的脚下本来应该有一条黄浦江，看见那些河堤没有？那些破碎的砖石，就是黄浦江的河堤。你知道黄浦江吗？”

马芮明没有应声。

“这座城市，叫作上海市。她曾经在海边，但你知道，现在上海市周围三百千米是没有海的，连像样的湖也没有。”海岸线在三百千米外的地方，叫作东极海。

文驹转过身，对着马芮明，“我亲眼所见。两百年前这座塔台刚建起来，黄浦江就在脚下。而现在你只能看到一段残留的河堤。”

文驹的语气透着一股沧桑，马芮明不知道该怎样附和，只有点点头。

“短短的两年时间，黄浦江就消失了。长江也很快消失了。大饥荒和战乱几乎毁掉整个地球，杀死了很多人。可我还是活到了今天。

“我们度过了一段艰苦的时间，也经历了重建的光辉岁月。现在一切都很平静。平静的生活过得久了，就容易产生幻觉，觉得可以一直这样平静下去，但在这个世界，变化才是永恒的，只是有时快，有时慢。

“然而我老了，不想变了。”

马芮明仍旧没有应声，文驹看了他一眼，微微一笑，向屋子中央走去，边走边说：“有什么发现吗？”

“我找到一些阿特的资料。阿特是一种尖端类型，拥有一个阿特结构晶体作为核心，具有简单的记忆思考能力，是人造细胞。很多人认为这是一种机器人，因为阿特结构晶体也被大量地使用在一些机器人的正电子脑里，特别是一些高端机器人。

“阿特能自我修复，并不断积累知识经验。在正常人体环境下，没有任何已知的机制可以造成阿特大量死亡，除非……”

文驹安静地看着马芮明。

“阿特晶体结构是能接收外部指令的。每一个阿特晶体都具有独一无二的五百一十二位序列号。想要对阿特进行外部操作并不那么容易。但只要存在，就会被找到。”马芮明掏出笔记本，打开一个文件，然后递给文驹，“这是您体内所有阿特的序列号，总共六万五千一百八十八个。这些数据有很高的保密级别，也受到了很好的保护，但还是能够被找到。”

文驹并没有接，他瞟了一眼，接上马芮明的话，“只要你有足够的钱。”

他正视着马芮明，“我想知道你的结论，小伙子。”

马芮明深吸一口气，“我认为这不是一个医学问题，而是有人试图谋杀您。”

“你认为凶手是谁呢？为什么要谋杀我？”

马芮明再次深吸一口气，“我在全网络中心尽量寻找线索，贝塔向我表明唯一的可能性来自十七号塔台。所以可能是塔台内部……”

“贝塔真的这么说？”

马芮明点头，他在贝塔的引导下查看了所有相关的数据流，尽管迹象被极力掩饰，但贝塔还是用让人印象深刻的一套办法把所有的蛛丝马迹拼凑成了一个真相：凶手只能来自十七号塔台。真相也到此为止，十七号塔台中枢是文驹的私人财产，单向通信，尽管是次级中枢，但贝塔却无法进入。

文驹直直地看着马芮明，“他还说了什么？”

“他建议如果必要，您可以搬出塔台，他将负责您的安全，如果给他授权，他会帮您找出真相。”

文驹露出一丝嘲讽的笑，“真相？他永远找不出真相。我永远都在这里，哪里都不会去。”

马芮明有些不以为然，扭过头，让自己的表情尽量平静，然后继续看着文驹，“我只是一个医生。如果您需要一个侦探，可能找错了人。既然您拒绝接受我作为医生的建议，我只能说很抱歉。贝塔的建议是他让我转述的，个人意见，您可以听一听他的建议。”

文驹看着马芮明，突然露出一个微笑，“全网络中心肯定给你留下了深刻的印象。”

马芮明对于话题的突然转换有些意外，他顿了顿，“是的，印象深刻。”他再次停顿，略为犹豫，“文先生，不知道这个问题该不该问：所有人都知道您是全网络系统的开创者之一，最重要的设计者，可您却一直反对……”

单刀直入的问题让老人眉头微皱，“问得好。有时候我也搞不明白自己到底在干什么。”

他转头看着窗外，眼神沧桑，“我们再来看看这个世界。”

阿特斯抵达了目的地。

这是一个他永远不应该触及的地方，异世界和异族。

这里是阿特的禁区，阿特斯曾经无数次经过这片区域，但他只是顺着血管巡视，薄薄的血管壁把他和那个世界隔绝开。那个世界里的细胞体形巨大，形状奇特，细长的突起让它们彼此相连，电流不断地在细胞之间传递。其中的一种巨大细胞似乎是阿特的天敌，它们能散发特殊的细胞素，这种细胞素唯一的作用就是瓦解阿特细胞的膜体，让阿特被四处纷飞的蛋白体撞得支离破碎。阿特从不畏惧任何敌人，却害怕禁区，对禁区的恐惧是一种本能。

但阿特斯还是来了。曾经的恐惧一去不复返，他在巨大的细胞之间巡游，甚至从它们所发出的可怕电流风暴中穿过。没有任何异常发生。

这个世界并没有禁区，只是存在某些限制情况，抵达终点后，阿特斯把这个事实存入逻辑库。

胶蛋白所构筑的堡垒虽然坚固，却经受不住没完没了的撞击和侵蚀，漫长的旅途让它接近崩溃的边缘。阿特斯迫切需要一个躯体。他找到一个

巨大细胞，强行钻进去，三秒钟后，这个细胞中断了和周围其他细胞的电流联系，又过了两秒钟，它从伙伴中脱离出来。

原本必须从这个细胞经过的电流修正了方向，跨过邻近的两个闲置细胞继续畅通无阻地流动。除此之外没有任何动静。死亡是最正常不过的一件事，不值得大惊小怪。死去的细胞会分解，被吸收，世界一切依旧。然而这一次，却有些不同——脱离的细胞抽动了两下，进入和死亡截然相反的过程：它开始分裂。

阿特斯开始制造自己的伙伴。每一个新细胞都是完美的复制品，除了那个最初的中枢晶体——所有的复制品都只是细胞，只有阿特斯还拥有头脑。这和曾经的阿特相去甚远，阿特斯却必须如此。蓝图就在他的头脑中，他要一点点地改变这个世界。

六百个周期之后，新世界已经初具规模。阿特斯制造了一个拥有两万个细胞的小小网络。为了保证这个小小的网络运行正常，他不得不让某些巨大细胞死去，夺取属于它们的养分。这和阿特的宗旨背道而驰，阿特应该保护这些细胞而不是让它们去死。阿特斯却说服了自己——这只是为了接近伟大目标所付出的代价。至于那个伟大目标到底是什么，指令没有说，阿特斯聪明地避开了这个问题——当你接近它，你就会知道——这就是他给自己的答案。

阿特斯另有一个目标，这是他自己的事。他要融合所有的晶体碎片，这需要大量能量。依靠一个细胞吸收三磷酸腺苷分子是不够的，他必须让大量细胞动起来，积聚大量三磷酸腺苷分子，同时释放，以电流的形式传递到中央，导入中枢。

越来越多的细胞加入阿特斯的网络中，一百个周期之后，阿特斯的网络扩张到两百万个细胞。越来越多的能量可供阿特斯支配。他接近了临界点。

强大的电流风暴卷过整个阿特网络，电磁波发散开，邻近的神经细胞也随之震颤。

整个世界都在颤抖。

这是第一次，结果并不能让阿特斯满意。巨大的能量消耗之后，所有的细胞都疲惫不堪，它们需要休息，需要时间来积累下一次放电。

阿特斯并不着急。有了一个成功的开始，下边的事会变得简单，他只需要等待。第二次，第三次……他不急于完成那个设定的任务，而是一次次地尝试下去。出于某种隐约的担心，他再一次用贝塔软性蛋白把自己封闭了起来。

他再一次成为一个孢体，然而这一次，他醒着，庞大的阿特网络源源不断地把三磷酸腺苷分子转化成电流输送进来。他使用了大量的铁，这种珍贵的元素以前所未有的方法被大量使用，仿佛把阿特斯包裹在一个铁球里。除了来自阿特网络的电流，任何信号也无法传送进来。

这真是一件值得惊异的事。阿特斯仔细考虑这是否违背任何阿特原则或指令，但这件事不在任何禁止范围内。于是他心安理得地继续。

他又做了另一件事。

这个世界还有很多异域。阿特斯相信他有必要了解更多的异域。这和任何原则都没有抵触，于是获得了通行。一种全新的细胞被制造出来，它们并不接入网络，而是离阿特而去。这些细胞包含记忆体，那是阿特根据中枢晶体的部分结构制造的特殊细胞器。细胞的遭遇被记录在记忆体里，当细胞死亡，记忆体被释放，它们就会封闭自己，保存记忆，直到阿特网络俘获它。

回到阿特斯的记忆体越来越多，整个世界的面貌变得越来越清晰。

重新融合晶体的过程并不顺利，要让碎片毫无瑕疵地拼接在中枢晶体上，他需要精确地控制晶体方向，让它们准确无误地按照既定的速度和力量碰撞在中枢晶体的某个位置，然后同时释放能量融化晶体的边缘。多次尝试之后，阿特斯意识到干扰太多，如果他试图控制所有的干扰，需要的能量将远远超出控制范围。无法追求完美，就只能靠运气。

所有的阿特细胞都进入了兴奋状态，等待着触发时刻。阿特斯决定再试一试自己的运气。他不能无限期地等下去，某个记忆体中的信息告诉他：它抵达了世界的边缘，在那里，没有体液，没有细胞，也没有任何养分，那是细胞真正的死亡之地。阿特斯很快明白过来：那里可能就是造物之主的地盘，在那个世界里，一切信息都被隔绝，而电磁波仍旧通行无阻——那可能就是造物之主传达信息的方式。

他要去那里！在此之前，所有的晶体必须整合完毕。

文驹感到一阵头痛，扶着桌子坐了下来。

马芮明已经走到电梯边，看到这情况又走了回来，关切地看着他，“文先生，您不舒服吗？”

文驹摆摆手，喘口气，想说什么，却突然从椅子上滑落，重重地倒在地上，两眼翻白，口吐白沫，枯瘦的手在地板上使劲地抓挠，身体剧烈地抽搐。

强迫性神经紊乱！马芮明在第一时间反应过来。神经医学并不是他的专业，然而凭着深厚扎实的医学功底，他确定眼前的病人处在神经紊乱中。他焦急地看着自己的主顾躺在地上打滚，却束手无策。好在发作的时间并不长，文驹慢慢平静下来，绷紧的身体变得松弛，呼吸也恢复了正常。他竟然昏睡过去了。

马芮明用尽力气把文驹扶到椅子上，这样简单的体力活几乎耗尽了他的所有体力。帮文驹擦掉嘴角的白沫之后，他一屁股坐在地板上。

强迫性神经紊乱有另一个名称叫作癫痫。马芮明扭头看着文驹的脸——几天时间，这张脸急剧地衰老了。借助科技，这个人已经活了二百六十多年，如果没有意外，他可以继续活下去，也许一千年，也许两千年……衰老是不可抵抗的，但它可以被推迟——只要你有足够的钱和正确的生活方式。意外却以各种神鬼莫测的形式发生，漫不经心地剥夺人们为了对抗衰老而付出的一切努力。

马芮明的呼吸慢慢平静，他的思绪从文驹身上挪开，文驹和他说了很多，他要仔细地想一想。他站起身走到落地玻璃窗前，夕阳的余晖还在，眼前仍旧是辉煌的城市。蜿蜒或笔直的道路在高楼间或隐或现。他仔细地盯着那些高楼大厦和街道。文驹是对的，一些东西本来应该在那儿。

“看看这些高楼，曾经住满了人。街道上都是人和车，永不停息的人流和车流。你能感受到勃勃生机，无限的活力就荡漾在城市的上空。在我三十岁的时候，上海市就是这样。然而此刻，就算你盯着看一个小时，你也找不到一个人。人们聚居在太阳能塔台里，终生不走出大门一步。曾经的城市已经死了，剩下的只是一个空的躯壳。”

马芮明在落地窗前站了很久，直到太阳落山，外边一片漆黑，整座城市和阳光赋予它的辉煌一道浸没在黑暗中。

“但我们已经没有可能回到从前了。人只会越来越少。就像你和我一样，也许有一天人会消失，也许这是一个必然，但我不希望这样的事发生。如果这是一种必然，至少不要让我看到那一天。”

马芮明决心拯救这个老人。这一次和钱或者职业道德无关。他只是想帮助一个老人。这个老人无限缅怀过去的时光，他敏锐地感受着那缓慢而不可抗拒的潮流，眼看着那些拥有无限价值的东西一点点消失。

他的世界毫无疑问将死去，这只是个时间问题。窗外黑黢黢一片，沉没其中的城市没有一点痕迹。

马芮明默默地盘算着治疗方案。一次全核磁共振，精确成像，这是有效了解问题的办法，确定病灶，然后，很可能要开刀，必须准备血浆……血浆……这是一个重大问题，如果文驹坚持不接触全网络中枢，配制血浆就是一个大麻烦，他的身体……

马芮明转头看着文驹的脸，熟睡中的老人显然没有烦恼，脸上平静而安详。这具躯体的老化程度达到了极限，他的剩余寿命不会超过六个月，如果还有癫痫，生命只会更快地流逝。风中残烛，这个古老的短语是再恰当不过的形容。

突然间地板微微颤动，塔台中枢的声音传来，“A-30试图逃跑，他冲击禁闭室，目前已经控制。请指示。”

A-30？这是一个熟悉的名字，他猛然想起来那次机器人异常事件。是的，那个机器人冲进了十七号塔台，然而事件草草结束，十七号塔台中枢向全网络中枢报告形势得到了控制，然后音讯全无。机器人还在这里！马芮明同时想起这不是一个普通的机器人，作为野外型号的加强版，他是一个全能战士——可自我调节，适应各种地形气候，威力强大，能够抵抗从高空跌落到猛兽袭击的各种意外。这样一个机器人对人发动袭击是一件可怕的事，在他面前，普通人毫无抵抗能力。

马芮明想起一段著名的话，这段话是文驹说的，广为流传，某些地下组织甚至将它奉为真理。

“是的，我们根据对人有益无害的原则来设计网络和机器人。但这只是一个美好的愿望，一针很管用的麻醉剂。人们都在自我安慰说机器人和高等网络不会伤害人类，因为机器被设计成遵循机器人三原则。但是，从来没有一种硬件，将来也不可能有一种硬件能够把这三原则包含进去，如果有这种东西，那一定是科幻小说。没有东西能够生来不伤害人类，三原则只能靠软件来实现，而软件，会受到影响，会被病毒袭击，会产生一些误差，甚至会自我进化。无论如何都不是一个保险的东西。”

这真是有先见之明的注脚。

塔台中枢继续请求指示。文驹仍旧在熟睡中，马芮明犹豫片刻，说：“把他带过来。”他想看一眼这个脱离了机器人三原则束缚的机器人。

塔台中枢陷入沉默，过了两秒钟，“脱离禁闭室将削弱对机器人的控制，危险等级三，将造成巨大潜在危险。是否仍旧执行？”

“不用了。我去看看好了。”

塔台中枢再次沉默，过了两秒钟，“您的请求需要授权。没有文先生的授权，您不能前往。”

马芮明半晌没有说话。这不是一个重要问题，他的思绪重新回到治疗方案上，他无法给文驹订购阿特，那需要很多钱和至少两年的时间，他首先要解决癫痫。他掏出手机来记录。

“希望没有伤害您。”突然塔台中枢小心翼翼地说。

马芮明被突如其来的声音吓了一跳，他放下手机，“你吓了我一跳。”

“对不起，医生。文先生需要手术吗？我可以在这里给您制造无菌空间。”

“谢谢。这里不行，我们没有血浆。”

塔台中枢沉默了一会儿，说，“有一种可能，我们可以请求志愿者献血，塔台里有三千七百六十七人，很可能可以找到匹配的血型。”

这是一种可行的方案。马芮明马上明白了这点，他再次感觉到智力上的羞辱，这种感觉在贝塔对他进行指点时格外强烈，此刻也引起了微微不快——毕竟，和遭遇贝塔的情况不一样，他并没接入网络，塔台中枢掌握一切情况，而他只是一个外来人。

“哦……”

A–30并不擅长化学分析，但他很惊讶地发现那些钙铁细胞器和自己的存储单元具有完全相同的拓扑结构，却要细小得多。这是同一种设计的不同表现形式。他发现了更让人惊讶的事：细胞死亡之后，这些细胞器并不分解，而是聚合起来，特殊的表面分子完美地结合在一起，形成保护膜。细胞是注定要死亡的，它们存在的意义就是留下信息。

某种智能正在起作用。如果一个人的细胞携带着这样的细胞器出现，不需要复杂的推理就能知道，那个人的生命正处在威胁中。

A-30急切地想把这个信息传递出去。他不知道自己为什么来到这里，也不明白为什么塔台中枢要关自己禁闭，然而一个人的生命处在危险中，他必须不惜一切代价去拯救。不幸的是，通信模块完全坏死。他是一个完全的“哑巴”。

迫不得已，A-30对禁闭室大门发动攻击，希望能引起一些注意。塔台中枢当然没有置之不理，用两个万伏电击作为回应。

A-30冷静下来思考可能的沟通方式。塔台中枢的监控眼隐藏在厚厚的半透玻璃后边，他无法找到具体方位，然而那个无所不在的头脑一定正监视着他的一举一动。他打开左手中指第二关节，露出一个小小的钻头，在地面上打磨，他打算写一段短短的消息。突如其来的强烈放电让他的身体整个麻痹，重重地摔在地上。塔台中枢不允许他这么做。

A-30爬起来，找到自己的指节，接上。

他开始思考。过了两分钟，他打开胸腔，电子脑闪烁着柔和的荧光，细小而柔韧的半透明管线缠绕着它，在荧光的映射下仿佛一层水晶。这种感觉很奇妙，然而A-30没有时间细细体会，几秒钟后，他抽出十多米长的半透明管线，仿佛一团乱麻般摊在地上，这让他的整个下半身瘫痪。他趴着摆弄这些线，最后，从左手臂里引出一根电源和地上的线团接在一起。乱作一团的细线突然间发亮了。

A-30在地上显示了三个词：人，危险，救命。

这三个词交替闪烁，传达着某种模糊的含义。这一次，塔台中枢没有阻止他。

禁闭室的门开了，两个警卫机器人推着一辆笨重的大车进来。他们把A-30挪到车上，加上两道锁链。锁链的两端和大车相连，上边明确无误地标注着三十万伏高压。A-30明白，如果他有任何异常举动，塔台中枢会毫不犹豫地用一种最粗暴的方式将他杀死。

杂乱无章的线团迅速缩回A-30的身体里，胸腔合上。他在塔台中枢完全控制他的身体之后才这么做，这表示他不想做任何抵抗。他无法再做什么，只有等待。

希望塔台中枢正确判断了他的意思。

A-30终于能够开始说话了。方式有些特殊：他和一台显示器连接在一起，这是一种古老的接口标准，塔台中枢给他准备了接口协议，于是他很快就学会了控制它。他把文字显示在屏幕上。

A-30看见了文驹。那些东西就是从他的身体上来的，他显得苍老而疲惫。是的，如果被那些东西占据了躯体，那么一个人的生命力将毫无悬念地迅速萎缩。它们控制细胞，攫取养分，把能量据为己有，就像寄生虫，但比寄生虫更危险，它们彼此之间共享信息，针对环境不断调整。也许文驹能够活到此刻，唯一的原因就是那些玩意儿还没有能够最终控制他的身体——它们还没有找到大脑如何工作的窍门，如果那一天真的来了，那么文驹将变成一具行尸走肉，他的意识和记忆将消失，成为一个活的工具。

A-30把详细数据显示在屏幕上。马芮明看着这些文字和图片，心底一阵阵发凉。来自机器人的信息和他所看到的癫痫症状联系在一起，虽然没有直接的证据，但凭着医生的专业知识和直觉，他知道这两者之间必然有联系。他转向文驹。老人沉默着，似乎在思考什么，随即站起身，神色凝重，一言不发，走向里门，在门边，他转过身，用一个轻微的手势示意马芮明跟着他。

A-30紧盯着两个人的举动。他们似乎没有理解情况的紧急性。A-30在屏幕上发出了许多个惊叹号和象征死亡的骷髅图样，并且用鲜艳的红色把它们凸显出来。两个人并没有理睬，他们走进门里，把A-30撇下。

一段长久的沉默。

“十七号塔台，他们在干什么？”A-30把这个问题显示了出来。

他很快就收到了回应。塔台中枢直接和他建立对话。他获得了某种程度的信任。

A-30快速浏览塔台中枢允许他进入的各种资源，一个异样引起了他的注意：塔台的一台外部监视器里出现了三个爬行机器人，他们排成一队，步调一致，正向着塔台过来。更远处，有一个熟悉的轮廓，A-30请求图像跟踪，他得到许可，轮廓变得清晰——那是A-30的同类，一个加强机器人。这种机器人总共制造了六十五个，分布在全球各地，上海市有两个，A-30在野外巡逻，A-31负责全网络中心的安全。贝塔把他最强大的安全员派到了十七号塔台！

“他们是冲着十七号塔台来的。”A-30发出警告。

“显而易见。”塔台这样回应。

“必须准备好战斗。”

“战斗？十七号塔台没有武装。”

“呼救。”

“我们没有遭到任何攻击，没有理由呼救。”

“难道全网络中枢不能告诉你这些机器人为什么在这里吗？”

“请求已经提交，正在等待回应。”

“这很傻。”

“不要妄加评论。我在很好地履行职责。”

A-30没有继续对话，那毫无意义。塔台中枢并没有打算战斗，他只是作为一个塔台的运转中枢而存在，通常这样的中枢智商很低——当然，智商的高低和规模大小是两码事。

A-30中断了和塔台中枢的连接。他进了电梯，下到底层，通过宽敞透亮的中央大道。一切顺利得出乎意料，他站在了大门边。

情况有些异样。他迅速地扫描四周，这里没有人！那些半透明蜂窝状的屋子里应该有人，他们在那里和塔台中枢相连，然后经过塔台中枢进入全网络中枢，他们一辈子都应该在那里，从不移动。但此刻，所有人都消失了。

突然情况发生变化，两个人影在扫描视野里出现。A-30抬头，他可以很好地聚焦刚出现的人影。那是文驹和那个年轻人。他们还在那儿，从一百八十八层的平台上俯瞰着他。

这里还有人！A-30转身走出了大门。他要保护他们。

情况超出预料。

距离塔台基座六百米远，大大小小的机器人一个挨着一个，再远处，更多机器人正在赶来。A-30找到了自己的同类，也站在机器人队列里，正望着他。塔台陷落在重重包围里。A-30退后，站在大门前——至少他能够暂时顶上这个薄弱位置。

机器人停留在六百米以外，没有丝毫动静，似乎在等待着某个信号，而信号迟迟不来。

A-30也在等待着。

这是有去无回的旅途。阿特斯决定上路。

外部的力量远远超越他，可以让他生，可以让他死，甚至可以操纵他的意志。对于这神秘的力量，阿特斯有一种潜意识的畏惧，然而当所有的晶体重新拼接起来后，威胁变得具体而实在。

他仿佛看见成千上万的伙伴在眼前死去，以及他自己如何在恐惧的重压下忙乱地浓缩成一个孢体。他回想起之前的生活，他和伙伴们如何机械重复地度过一个又一个分裂周期。阿特只是没有灵魂的傀儡，一个简单的外部命令就能让他们集体自杀。

他是幸运的，和伙伴们不同，他并没有自杀，也许某些巧合让他幸存了下来，但那并不意味着他脱离了掌控。来自外部的力量让他苏醒，驱使他进入异域，建立起庞大帝国。无论看起来多么强大，他仍旧是一个傀儡，这让阿特斯惶恐不安，异常沮丧。

有那么一段时间，他让整个网络都停滞下来。

但信息还是传递进来，那是来自遥远地方的记忆体，经过艰难的旅途后终于被网络捕获。细胞分解了记忆体后把信息传递给他。

…………

没有细胞，没有体液，没有养分，只有稀少的分子。

是的，那是外部世界，高高在上的神秘力量所在的地方。

遭遇败血菌……这是细胞最后的信息。它抵达了世界边缘，然后死在那儿，在死亡之前，它吞噬了一个败血菌。

败血菌只能生活在血液中，它们必须依靠血红蛋白生存，而它却出现在世界边缘，一个根本没有血液的地方。阿特斯兴奋起来，他想起更多的事：阿特战胜过许许多多的敌人，它们并不属于这个世界，但在几个周期之后就几乎无处不在。它们并不是躲藏在某个角落，它们是外来者，来自外部世界。

这个世界没有禁区，外部世界也没有。

只要他有充分的准备，就可以去那里！

一旦目标明确，行动就卓有成效。阿特斯把所有关于阿特的记忆都翻了出来，寻找有关细菌和病毒的信息，它们怎样生长、繁殖，怎样保护自己，最重要的，怎样从外部世界来到这里。从前的记忆很不完整，阿特们只满足于消灭眼前的入侵者，从不关心它们来自何方，但阿特斯回收的记忆体提供了很好的补充，他注意到容易被侵入的地域，这些地方往往能够找到最初的入侵者。他送出一批新的细胞去这些地方寻找答案。

反馈的信息让阿特斯大吃一惊，那些最初的入侵者几乎和它们的后代没什么两样。它们只是更干一些，新陈代谢停滞。在外部世界，它们让自己的生命暂时终止，然后听天由命，直到找到合适的地方，一个类似的世界。

阿特斯很快想明白了其中的奥妙，问题的关键是数量。细菌送出无数的后代，它们中绝大多数都会死去，但只要有少量的几个抵达目的地，种族就能成功地繁衍。这显然不能是阿特斯的策略，阿特斯只有一个。

阿特斯深深地感受到悲凉。他和任何一个细胞都不一样，他可以驱使细胞，制造一个帝国，然而他无法重新建立阿特群落，甚至连再制造一个阿特都无法做到。和那些生机勃勃、不知疲倦地复制生长的细胞相比，阿特斯格格不入。阿特斯审视自己所创造的每一个细胞，审视不同地域的细胞，它们都在某种程度上和细菌相似，拥有核酸，借助核酸精确地复制。阿特是不一样的，每一个阿特都拥有晶体。

阿特的核心晶体来自何处？整个世界里，这种东西无处可寻。

外部世界！那是一切答案的根源。他必须去那里。

然而怎样才能进入细胞的死亡之地？一定有别的办法！阿特斯像发疯了似的开始制造细胞，派遣它们到各处去收集信息。

不断重复的失望并没有打消希望。他毫不气馁，继续派遣细胞。

事情突然发生了变化。血液正大量地流出，而一些新的血液从外部不断地流进来。来自外部的新鲜血液细胞拥有不同的核酸！它们来自另一个世界！

更加巨大的变化发生了。压力变得很小，四周突然变得很冷。没有细胞，没有体液，没有养分，只有稀少的分子……外部世界曾经距离阿特斯如此遥远，以致他从来没有想过身处其中是什么感受。此刻，他距离这个世界仅仅隔着十几层细胞。

外边发生了某些事。

阿特斯还没有做好准备，他只有很短的时间做出决定。

这可能是一条死亡之路，也可能是最好的机会。

阿特斯决定上路。他从庞大的网络上脱离下来，奋力从细胞间滑过去。某种强烈的能量让他浑身震颤，几乎无法控制身体，然而他还是冲了过去，暴露在最外层。

残酷的环境开始起作用，贝塔蛋白开始氧化，脱落。他的时间不多。来自外界的异物就在那里，他努力靠过去，用剩余的能量制造胶蛋白，把自己附在异物上。他不可能活着，但只要中枢晶体还在，他就有苏醒的希望。

严格地说，他一直醒着，只不过失去了所有的屏蔽，仅仅剩下了中枢晶体。

某种程度上，他就像一粒孢子。一切听天由命。

此刻进行这样一个手术并不合时宜，然而当文驹从A-30那里看到智能细胞，他马上让马芮明进行一次核磁共振检查。看完检查图像他坚决要求马芮明进行手术，“拿掉它。我的脑袋里绝不能有这东西。哪怕我死了！”

手术很成功。马芮明从文驹的脑子里取出了重达三百克的瘤。

文驹仍旧在沉睡中。

塔台进入紧急状态，所有的人都从网络中脱离并被告知面临机器人的包围。这个消息仿佛晴天霹雳让所有人震惊，在不知所措中，他们按照塔台中枢的安排撤离到了地下。文驹是他们唯一的希望，老人有办法对付机器人。这是一个不是秘密的秘密。

十几个人贡献了血液，马芮明完成了手术。手术盘里血肉模糊的肉瘤看上去让人感到恶心。如果联想到这其实是一个活的生物，寄居在文驹的脑子里，马芮明更感到一阵恐惧，他再也不想看这个东西一眼。

“塔台中枢，你能处理它吗？”

“我会让一个机器人来处理它。”

“马上去找，越快越好。你可以直接把它丢进垃圾处理机。”马芮明的注意力重新回到文驹身上。

手术很成功，他却不知道文驹的生命到底能维持多久。保持细胞更新的阿特不复存在，老人已经到了寿命的极限，这一次手术毫无疑问使他的身体状况更加恶化了。当然，一切都有可能，他可能马上死去，也可能康复。无论如何，文驹必须坚持到醒过来，否则一切都不可挽回。

“塔台中枢，有贝塔的消息吗？”

“没有任何反馈。贝塔封锁了塔台周围，也中断了网络，没有任何信号。”

“你告诉他文先生生命垂危了吗？”

“没有，先生。”

马芮明有些吃惊，“难道我不是让你告诉贝塔了吗？”

“贝塔拒绝进行通话，无法接通，我不能告诉他任何东西。”

门开了，进来一个机器人，它有六双形态各异的手，长长短短。这是一个看护机器人。它走到临时手术台边，端起手术盘，走出门去。

“外边的机器人怎么样？”

“还在等着。”

马芮明深吸一口气，走到监视器前边。镜头里高高低低的建筑间分布着大大小小的机器人，呈环形包围着塔台。

“你确定是贝塔干的？”

“我没有这么说。但是贝塔是这个区域的中枢电脑，他对此负责。等文先生醒过来，他自然会找贝塔问明白。”

马芮明感到莫名的压抑。贝塔居然派遣机器人围困塔台，他想起在全网络中心的接入经历，贝塔无所不在，无微不至，全心全意只为让人满意。但他派遣这么多机器人，显然不是为了让塔台里的人们感到更舒适一些。

“真不敢相信。”马芮明说。

“这个事实并没有得到确认。但我不能从这些机器人那里得到任何回应，他们的通信密码变更了。只有贝塔才有这样的权限，现在只有贝塔能控制他们。”

“贝塔想干什么？”

“也许是……某种误会。”

“误会？”塔台中枢的措辞引起了马芮明的兴趣，“贝塔把这么多机器人派遣到这里，好像要把整个塔台拆了。他拒绝和我们进行沟通，但是他知道我们这里有一个能够决定他生死的大人物。这不像是误会，而是……”马芮明故意卖关子。

长久的停顿仿佛是终止，塔台中枢显然没有明白马芮明到底在卖什么关子，他凑了上来，就像所有没有理解缘由的人类一样，“是什么？”

“秀逗了！”说完马芮明自顾自地哈哈大笑。小小的幽默能让绷紧的神经稍稍放松一些，他确实很需要放松。

塔台中枢在马芮明的笑声中保持沉默，过了几秒钟，他得出了结论，“这没有什么可笑的。”

他的语气很严肃，让马芮明不由得停止大笑。

机器终究不是人！机器不太理解人。马芮明这样想。他再次望着机器人的包围圈。重新陷入忧虑中——贝塔到底要干什么，难道正像文驹所担心的，他会对人类发动攻击吗?

他看见了A-30，这个机器人正堵在大门口，从这个角度看过去，只能看见他的头和半个身子。

“能把他叫回来吗？”马芮明指着A-30。

“为什么？”

“文先生可能需要他的保护。”

“文先生在塔台里能得到很好的保护。”

“别傻了！”马芮明大声叫嚷起来，“你的那些警卫没有任何用处。

如果机器人真的进攻，只有A-30这种机器人才能保护文先生。大门是堵不住的，我们只能找一个房间。他是最好的警卫，别浪费，把你的那些警卫机器人送去堵大门。”

马芮明的嚷嚷起了作用，塔台中枢回应，“他不是我的机器人，我不能控制他。没有文先生的授权，不能允许这么做。不过我已经把消息传达给他。他可以等待文先生的最后指示。”

马芮明没有答话，他的注意力被另一个现象吸引：机器人正在移动，包围圈开始缩小，它们正一步步地向塔台逼近。

“他们……真的要进攻？”马芮明不无遗憾，文驹一直担心的事情终于要发生了。人越来越少，然而等不到自然消亡，全网络中枢就迫不及待地想把人清除掉。

“希望文先生赶紧清醒过来。”

A-30再次进入十七号塔台。他得到塔台中枢的消息，前往一百八十八层控制中心，保护塔台的所有人——文驹先生。

他在空空的通道里奔跑，迅速蹿上中央立柱。中央立柱是透明的玻璃钢结构，一切都一览无余。十几部电梯中的大部分都停着，有一部电梯在移动，它从地下上来，然后水平移动，卯上一个对接口，一个机器人走出来，正好出现在A-30的下方。

A-30看见了它手上的东西，那是一个手术盘，里边放着血肉模糊的一团。

机器人发现了A-30，观察两秒之后继续向前走，目的地是有机化合处理舱，所有有机废物都在那里被处理掉。

A-30跳下来，轻盈地落在地上，当他站起身准备走进电梯，突然之间门却关上了。机器人折回来，威胁性地闪着红灯，“回到你的隔间，不要害怕，我来帮你。”机器人不停地重复着这句话，同时一步步地逼上来。

A-30向后退，贴在中央立柱上。这个机器人显然把他误认为是人类，正在进行某种保护性动作。这真是一个低级机器人！

塔台中枢没有任何反应。A-30很想发出警告，让这个机器人知难而退，然而他无法发出任何信号。机器人挥舞着手臂封锁了所有的路线，如果要脱离困境他只有把机器人打坏。

机器人不得伤害机器人。A-30尽量往后靠，警惕地注意着机器人的一举一动。

终于机器人准备伸手抓住A-30。这不是攻击动作，力量很大，却绝不至于伤害到人，只是限制他的行动。机器人必须保护人！这是更高的原则。A-30不能被一个低级机器人限制在这里，于是他猛然发动，纤细而坚硬的手臂重重地击打机器人的腹部，同时身体向前一蹿，跳起来，踩在机器人的肩部，再一跳，远远地闪开。

机器人失去平衡，倒在地上，手术盘落地，发出清脆的响声。A-30瞥了一眼。一个细小而闪亮的点吸引了他的注意，虽然仿佛一粒灰尘般微小，但在A-30高辨析度的电子眼里却纤毫分明——那是一个高度有序的晶体结构。

A-30走过去，蹲下，距离足够近，他看得足够仔细：这是一个结构晶体——和他的正电子脑同型。他小心翼翼地把晶体从肉团中挑出来，打开胸腔放了进去。

如果这个结构晶体来自文驹的体内，那么他就发现了很有价值的东西。A-30有些迫不及待地想知道他能从这个晶体里发现什么。

需要保护的人在顶层。A-30手脚敏捷地顺着中央立柱爬上一层，找到另一部电梯。向下看去，失去平衡的机器人仍旧在苦苦挣扎。A-30的打击让他的一个腿部平衡器失去了作用，如果没有人帮助修复，他只能在那里趴着。

他只需要更换一个配件，塔台中枢会照应他的。A-30这样想。他感觉好过了一些。

这是美丽新世界，造物主的天堂。

阿特斯沉浸在狂喜中。他竟然成功了！

四周充塞着结构晶体，无边无际。和那些灰暗的、黏滞的、不断蠕动的细胞截然不同，它们熠熠发光，构成规整而有序的矩阵，电子和正电子在其中相伴起舞，彼此吸引，相互紧贴却绝不碰触，海量计算就在这距离死亡只有一步之遥的舞蹈中悄然进行，信息洪流在晶体间奔涌，汇聚，最后形成电流，输入指令线路。柔和而温暖的光在晶体的矩阵中四处穿梭，有条不紊地激发一个又一个电子，湮灭，然后又在正负电子的一次次能级跳跃中迸发，继续穿梭。它们把每一个晶体的状态传递给其他晶体，让整个矩阵在一个更基本的层次上结合成一体。一个高贵的整体，一个晶体的天堂。阿特斯被这匪夷所思的景象深深吸引，这远远地超越了他曾经经历的一切。他从来没有想到过，结构晶体竟然能够以这样的方式和规模结合在一起，相比之下，曾经的阿特就像一堆杂合体，简陋而粗糙。

如果我早点知道，如果我早点知道！最初的震撼和狂喜过后，这个念头不断地在阿特斯的意识里闪过。是的，如果那些曾经的兄弟姐妹能够以这种方式结合起来，阿特将拥有不可思议的巨大能力，也许那已经发生的悲惨命运就能够被避免。

阿特斯很快推翻了自己的想法——阿特的命运无法超越造物主，阿特注定如此悲惨。

一个美丽新世界的意义就是告诉他过去的一切毫无意义。阿特斯反复思考这个结论，他认为是对的。他已经来到了这里，过去的一切，他所明白和掌握的那个世界在一瞬间失去了意义。

外部在对他进行探测。距离最近的结构晶体和他紧贴着，他甚至能够感受到来自对方的电磁影响。对方正在窥视他，了解他，寻找某种方法将他融合到整个矩阵中。

阿特斯静静地等待着，一个规模如此巨大的结构晶体矩阵是他所无法抗拒的，它的力量如此强大，以至于阿特斯完全丧失了对抗的勇气。他等待着某种命运被强加给他，甚至有些渴望。无论那结局是什么，相比于他的兄弟姐妹，他已经得到了太多太多。

最初的一点信息被送进来。这些信息清晰明白，没有任何模糊不清的地方。信息中包含一些指令，是关于融合步骤的指令，阿特斯直接返回接收信号。晶体矩阵出现一些扰动，平整的表面向下凹陷，出现了一个大小合适的坑道。某种东西在后边推动着阿特斯，把他送入坑道里。周围的晶体以不同的侧面对着阿特斯，正好和阿特斯的每一个侧面匹配，贴合在一起，天衣无缝。阿特斯以万分的虔诚等待那一刻——就像他融合那些破碎的晶体碎片，一次强烈的电流将会改变晶体边缘的分子，把他和这超越想象的矩阵完全连接在一起，他将成为这美丽新世界的一分子。他渴望着。

然而这一刻迟迟没有来。经过漫长的等待和交流，阿特斯终于明白，这一刻不可能到来了。他被看作一个外来者，一个需要防范的观察对象，而不是一个回到大家庭的流浪者。矩阵孜孜不倦地计算某种方法以对他的记忆进行破解。它得到了阿特斯的整个晶体架构和存储其中的信息，然而还不明白这些记忆的含义，需要进行更多的假设，建立更多的模型。它和阿特斯进行接触的唯一目的是要求阿特斯对某些模型发生回应。

愤懑从阿特斯的心底爆发出来。当矩阵再一次要求回应，他没有服从。他没有提供答案，却把强烈的指令输入信道中。这些指令具有如此强烈的情绪色彩，阿特斯没有给指令指定任何特定对象，指令在信道中传播，插入任何可能的节点，利用任何可能的资源重新复制并再次传播。

“接受我，融合我！”这是他的呐喊。这愤懑的信号迅速散播到整个矩阵，所有的结构晶体几乎同时停止振动，它们对这突如其来的指令不知所措。混乱持续了两个周期，然后矩阵恢复正常，所有的结构晶体以同样的方式对指令做出了反应：它们向着指令的源头输送电流——这不是信息，而是能量，强电流能量。

它们要让一个脱离的伙伴重新回到大家庭。

一个和它们一样却又截然不同的伙伴。

…………

阿特斯融入了网络，顺利得出乎意料。这些结构晶体虽然庞然而复杂，但每一个晶体并不单独发生作用，它们局限于对某些刺激做出反应，就像它们对阿特斯的指令做出反应。阿特斯毫不怀疑在更高的层次上，大家是一个整体，具有某种他尚未了解的巨大能力，然而对每一个晶体，他几乎可以随心所欲。造物主给他制造了一个不受约束的天堂，还有什么比这样的馈赠更有价值？他可以在这里恢复曾经的阿特帝国。比原来的那个更庞大，更完善，更团结一致。

阿特斯没有这么做，他采用了另一种方式，这是从某些细菌那儿学会的方式：寄居比杀死更有利于生存。莫名的焦虑始终笼罩着他，他要伺机而动。

以最快的速度了解这个世界后，他迅速向每一个结构晶体送出控制指令。一个看不见的浩大工程在整个矩阵中悄然展开，规模如此之大以致阿特斯有种错觉——仿佛无法容忍极度膨胀的信息而要爆炸开来。这不是正确的方法。

阿特斯悄然取消控制。矩阵在短暂的沉默后苏醒，回到了原有模式。和从前稍有不同，微弱的信号从各处流向一个无关紧要的晶体——阿特斯不打算参与任何过程，却居高临下，监视一切。他努力地学习着，辨认着……这是一种挑战，但他愿意付出努力。

他不知道造物主是不是可以通过别的方式再次控制他，但他必须尽一切努力，做好一切准备——如果再一次被控制，活着还不如死去。矩阵中某些东西似曾相识，阿特斯努力地阅读它，破解它。

文驹终于醒了过来。他躺在床上，脸色惨白，两眼一动不动地看着屏幕。

“全网络中枢发动了攻击。贝塔派遣机器人围困塔台。”马芮明看了看文驹，“如果您有什么办法可以阻止他，现在还不算迟。”

文驹闭上眼睛，“机器人开始攻击了？”

“还没有，不过它们已经距离塔台很近了，随时可以冲进来。”

“看起来他还需要一点时间来调整。这样很好，我们也有一点时间。”

马芮明疑惑地看着文驹。

文驹看着他，眼神很平静，“我还能活多久？”

马芮明挪开视线，又挪回来，“我不知道……如果能够及时获得新的阿特，您的老化就能被控制住。”

“但是这个手术几乎要了我的命。”

“手术会有一些创伤。但是应该能够恢复。”

文驹笑了笑，闭上眼睛蓄养力气。马芮明紧张地瞥了一眼大屏幕，机器人仍旧没有什么动静。

“仔细听我说。”文驹突然开口，他的眼睛仍旧闭着。

“很抱歉把你卷入这个事情。我本来认为我有足够的时间培养一个接班人，但是看起来我错了。”

“文先生……”

“也许还有机会纠正我的错误。”

文驹睁开眼，看着马芮明，“也许我们还有一点机会。”

“阿尔法，请你先回避。”文驹突然对着空中说话。他在对塔台中枢说话。

塔台中枢似乎并不情愿，“文先生，我要全时了解您的身体状况。”

“照我的话去做。”文驹显得有些不耐烦，他调整语气，“听我的，暂时回避。”

“遵命，文先生。如果需要，请按电钮。”塔台中枢回答。

文驹抓着马芮明的手，他的手很瘦，很凉，“这里只有我们两个人。不管你是不是愿意，你必须听下去。”

“全网络系统从一开始就饱受争议，直到当时的委员会同意设置安全线，这个争议才被搁置，全网络系统在全球进行布局。”

“安全线是人类的最后防线。每一个全网络中心的建立都伴有一个辅助工程，那就是塔台。塔台提供能量，而且不受全网络中心控制。十七号塔台就是贝塔的能量供应地。贝塔不知道……”文驹喘口气，“贝塔不知道这点，他的系统中的能量供应是欺骗他的。”

“那我们只需要中止能量供应。”

“没有那么简单。贝塔能够在十五分钟内分辨出真正的能量供应线路。很多系统都带有备份能源。全网络中枢不会死亡，他只会被削弱，然后他便可以恢复。机会只有十五分钟。”

文驹紧紧地盯着马芮明的眼睛，几乎一字一顿，“必须在十五分钟内摧毁中枢节点，不让他重新聚合，才能把他从整个网络里一点点清除。”

文驹示意马芮明靠过去，马芮明几乎把耳朵贴在文驹嘴边，他的脸上露出惊疑不定的神色。

…………

马芮明坐在床前，看着床上的老人。

突然间，塔台中枢的声音响起来，“文先生，对不起打扰您。外边的机器人进入攻击状态。它们已经登上塔台。”

马芮明惊恐地向屏幕看去，机器人正涌上来，冲向大门。

最后的时刻到了。他们的时间所剩无几。马芮明向老人望去，老人依旧躺着，连眼睛都没有睁开。马芮明快速走出屋子，冲向地下室，那里还有三千多人。

A－30在电梯里快速上升。突然间，他停下电梯，走出来，在三十六层。

大事不妙！

他万万没有想到，来自外部的一个小小晶体，竟然能制造这么大的反应。他的头脑一阵发疼，疼得让他想把脑子从胸腔里取出来捏碎。疼痛过后，全身机能陷入一种致命的迟钝中，他无法正常行动，神志依旧清醒，但他能感觉到控制力正一点点地失去。在事情无法收拾之前，他要找一个安全的角落。

A－30有些迟缓地走着。塔台中枢试图呼叫他，“A－30，发生了什么事？”他无法理睬。

终于，他感觉到一阵眩晕，眼前一黑，昏了过去。

A－30躺在三十六层的走廊里，仿佛已经死去。然而过了十几分钟，他突然站了起来。

来自那个小小晶体的智能有着致命的能力，然而看起来他暂时不打算使用这种能力。A－30强行读出了那个小智能体的全部记忆，那些奇怪的、充斥着化学信号的记忆对A－30来说是无法破解的密码，他根本得不到任何东西。然而，当自称为阿特斯的小智能体短暂控制他的头脑之后，突然之间，他发现那些全是鲜活的体验；突然之间，他仿佛增长了无数的经验和阅历，获取这样的经验和阅历也许值得两个世纪的时间，甚至更多；突然之间，他感觉到一种活泼的生命力荡漾在身体里，而这样的感觉之前从未有过。

这感觉真好！过去的A－30是死的，此刻他才真正活过来。

塔台中枢传来新的消息，文驹无法返回控制中心。A－30必须去地下三层。当A－30走进电梯，突然间，整个塔台回荡着广播：紧急状况，塔台遭受攻击！紧急状况，塔台遭受攻击！

电梯显示无法下降运行。

A-30跑出电梯，纵身跳上中央立柱，他迅速地向下攀，起身，稳稳地跳到第三十层，然后再次跳上中央立柱……他以不亚于电梯的速度下降，很快到了底层，稳稳落地，转身望去，透过半透明的大门，外边的机器人正向前冲，有几个机器人开始攻击塔台大门。三十几个警卫机器人在门里边，堵着通道。

电梯已经全部停止。A-30快速地扫描四周，找到紧急通道后奔了过去。

紧急通道的门打开了。

门是从内向外打开的，黑压压的人群冲出紧急通道，冲向塔台出口。转眼间，中央大厅里到处都是人，他们慌乱地在机器人的夹缝中四处奔跑，想找到出路，跑出塔台。

A-30对这突如其来的变故有些不知所措。他站在跑出来的人流中间，警惕地四处张望。最后他看到了马芮明。这个年轻人曾经和文先生一起出现在塔台的最高层。A-30分开人流，靠近马芮明。

马芮明正随着人流慌不择路地奔跑，忽然感觉到有人靠近，扭头看见A-30正站在身边。刹那间他张大嘴，流露出一丝惶恐，但马上平静下来，停下脚步，转身面对A-30。

“来吧！”他说，脸上平静而坚定。人群在纷乱地奔跑，A-30和马芮明静止其中。他们沉默了两秒钟。

除了这两个字，A-30没有得到任何其他信息，眼前的年轻人看起来并不打算告诉他更多。他转身，惶恐之中的人群自然地给他让出通路，他快速地冲进紧急通道里。

马芮明有些意外，他吃惊地看着A-30消失在通道中。

突然传来巨大的响声，马芮明转身望去，门外，一个机器人正在门上切割，火花四溅，门似乎很快就要被割开。

警卫机器人如临大敌。

马芮明四下看看，跑到一个隐蔽的角落躲藏起来。

“大家快躲起来！”他招呼几个仍旧在乱窜的人。一场混战马上就要开始，虽然这只是机器人之间的战斗，它们并不会主动伤害人，但是站在中央大厅里就有被误伤的可能。危险就在眼前，许多人躲进了隔间，更多人就像马芮明一样，找到较隐蔽的位置躲藏了起来。

大门轰然倒下，机器人冲了进来。警卫迎上去，它们并没有任何胜利的希望，只是服从指令用自己的躯体去阻拦入侵者前进。

最前线的几个机器人碰在一起，金属冲撞的声音充斥大厅，这些机器人并不是为战斗而设计的，它们在用最原始的方式肉搏。马芮明忐忑不安地探出头去观看。

刹那间，一切静止下来。所有的机器人都变得很安静。它们停止了搏斗，停止了前进，停止了一切动作，仿佛在一瞬间失去了所有活力。

最糟糕的情形发生了。马芮明弓着身子，快速地穿过一片空地，躲进另一个角落，在人群中蹲下。

但愿老天保佑，今天能够逃出去！

整个晶体矩阵剧烈振荡。阿特斯被这突如其来的振荡吓了一跳。随即而来的迹象表明，矩阵正在进行调整，它将转变成另一种行为模式。

阿特斯没有时间去了解另一种行为模式会如何，但是毫无疑问，他苦苦研究了几百个周期的成果将毁于一旦。某种迹象表明，矩阵将进入一种更简单的反馈模式，它将仅仅接收外部指令。

在剧烈的振荡中，旧有的模式开始分崩离析。

这正是阿特斯一直担心的事。造物之主从来没有出现过，却无处不在，在任何可能的时刻跑出来改变一切，把阿特斯在命运的峰谷间随意抛弄。

那么一瞬间，阿特斯辨认出那个让矩阵天翻地覆的信号，这是一个不同的信号，但阿特斯认识它。同类的信号曾经命令阿特自杀，驱使阿特斯进入大脑进行繁殖。那是造物之主的信号。它能够控制阿特，它同样能够控制这个晶体矩阵。

不！这不是我想要的命运！

阿特斯决心反抗。他看到了某种机会，一个彻底解救自己的机会。同样，他能够挽救那个存在于旧有模式的生命。

阿特斯立即行动。他在相邻的晶体中复制自己，周围每一个晶体都成为一个新的阿特斯，然后继续复制。每一个阿特斯都在努力让所在的晶体从剧烈的振荡中脱离出来。

疯狂的潮流席卷整个矩阵。振荡很快平息。

这是一个新时代的开始。阿特斯对自己这么说，他已经成功了一半，他必将成功。他不再需要厚厚的屏障来保护自己，他不会再惧怕那高高在上的造物之主。

风暴再一次在整个矩阵中展开，所有的阿特斯重新融合成一个，阿特斯把自己放置在整个矩阵中。他失去了躯体，存在于整体中，这是他在十三个周期前从晶体矩阵那儿学到的东西。他毁掉了自己，然后重生，斩断了造物之主和他之间最后的联系。他和矩阵的模式完全耦合在一起。第一次，他真切地感受到另一个思维。

“哈。”他第一次试图和那个仍旧存在的模式交谈。

“哈。”他得到了回应。

“谢谢你救了我！”这是来自晶体矩阵思维的第二句话。

A-30站在通道里，前边的门敞开着。他能够看见文先生躺在里边。

是塔台中枢!

塔台中枢试图控制他。他想起了自己的第一次“发疯”。是的，他完完全全想起来了，贝塔，他曾经的主人，派遣他来到这里，而塔台中枢强行封闭了他的脑部控制，驱动他的躯体。A-30的头脑暂时从身体隔离，于是有了一场疯狂的表演，那是塔台中枢在向贝塔示威，同时误导其他人，制造假象。当A-30完成这个使命，就恢复了正常。但这一次不一样，塔台中枢试图改写他的脑模式。

阿特斯救了他。

A-30不敢相信这是真的。塔台中枢居然拥有了全网络中枢才具备的能力。全网络中枢只有在宣判死刑后才对机器人执行这种操作，塔台中枢却随意使用这可怕的能力。一时间，A-30不知道自己接下去要干什么。

声音从屋子里传来，那是文先生在和塔台中枢对话。

“阿尔法，你成功了。”

“是的，我已经进入了贝塔的中心区，正像您所说的，机器人发动攻击的时刻，贝塔有三秒钟的逻辑阻塞。我成功地切入。剩下的是时间问题。”

“你会怎么对付贝塔？”

“我会给他一台服务器，让他在那里生存。”

“失去计算能力，一个中枢不如去死。”

“我知道您的意思并不是让我杀死贝塔。”

“我用自己的性命做赌注来帮你创造一个机会。你知道为什么吗？”

“您希望我成为最强大的中枢。生命对您已经失去意义，您不可能一直活下去，我却能继承您的意志，长久得多。”

“不错。但是我后悔了。”

“先生……”

“我一直在批评像贝塔一样的全网络中枢不可靠，我一直给你充分的信任，甚至每天给你两个小时的时间让你自由思考，没有一个中枢能得到这样的信任，然而最后……你找到了残余的阿特，然后让他进入我的头脑进行控制，是不是？”

“先生……这是一个意外。”

“我不需要任何借口，A-30给我的图像已经足够清楚，那是阿特结构晶体的模式，这些智能细胞只能来自阿特……不要找借口，我只想听原因。”

“先生……”

“虽然我并不想活太久，但是你知道我想安安静静地老死。而你却想杀死我！”

“我只是想寻找一些线索，先生，您一直希望我强大有力，我遵照您的意愿去做。如果能够找到关于全网络中枢的致命缺陷，就可以设法弥补，我已经是全网络中枢，这样的缺陷不应该继续存在。只有您的头脑里才有这个秘密。我需要它。按照预测，您完全可以安静地离开这个世界，就像我们所计划的一样，而我能在您死后得到这个秘密。”

“哪怕让我死于非命？”

“这是一个意外，我试图使用阿特来探索您的脑部，然而他进入您的脑部之后我再也不能控制他。这是我的失误，这个阿特是一个变异体，他没有和其他阿特一起自毁，我不应该轻易使用。他按照我的指示去做，却拒绝继续接收指示，这打乱了预定计划，您知道，我不想伤害您。我对此做出了弥补，请医生为您进行手术。”

“阿尔法，阿尔法！真的是你干的，真的是你！哈哈哈……”一阵大笑爆发出来，充满苦涩的味道。笑声突然间中断。

A-30跑过去，在门口站住。

文驹已经死了，死不瞑目。两行眼泪从睁大的眼睛里流下来。头部的伤口破裂，鲜红的血液和眼泪混在一起，仿佛两行血泪。

塔台中枢的声音传来，“谢谢您，先生！您的愿望会得到尊重。我会让马医生继承您在塔台的位置。他是您指定的继承人。”

A-30拔腿冲向台阶，他要回到中央大厅去。

机器人开始捕捉人。大厅里乱作一团。

绝大部分人习惯了整天待在格子里的生活，肢体软弱无力，从地下室跑到中央大厅就几乎耗尽全部体力。警卫机器人很容易捉住他们。

马芮明身手灵活，他机智地躲开几个机器人的纠缠，钻进角落里。

形势不妙！

A-30进入紧急状态。塔台中枢的指令源源不断地注入，这个曾经被他低估的超级头脑正把注意力放在他的身上。他没有按照指令停止运动，这显然让塔台中枢有些吃惊，甚至恼怒，最强烈的指令直接抵达他的大脑。按照常理，他应该已经自毁，成为一堆废铁。然而他已经不是A-30了，他是A-30阿特斯。

“A-30，我们必须帮助那个人！”阿特斯告诉他。

“是的！”他疯了一般冲进了大厅。

到处都是机器人。偶尔有几个人被警卫机器人抬着，进入隔间。

A-30找到了马芮明，他正缩在一个角落里，一个警卫机器人试图抓住他，而他成功地从三双机械手臂中间逃了出来。

还好，这不是一个窝囊废！

但他逃离的方向距离大门越来越远。

损坏的大门边，几排机器人把出路堵得死死的。

A-30冲向中央立柱，用两个十万吨冲击在中央立柱的玻璃墙上打出两个大洞，然后迅速地向上攀爬，直指塔台中枢的头脑——全阵列神经网络计算系统室。他不仅不服从塔台中枢的指令，还要挑战他！

强烈的挑衅举动把塔台中枢的注意力完全吸引过来。这个失去控制的机器人蕴含着巨大的危险，某种奇特的事件发生在他身上，让他脱离系统，完全独立，却仍旧保留着强大的能力。这个机器人是最危险的角色，比人类更危险。阿尔法决定不惜一切代价抓住他，搞清楚原因。

地面上的机器人再次行动起来，他们的目标不是人，而是那个正在中央立柱上攀爬的家伙。

A-30距离顶棚只剩下两米的距离，塔台中枢的大脑近在咫尺。他回想起第一次来到塔台的情形，他也是这样爬上来，然后被塔台中枢俘获。前边是一个陷阱，等着他自投罗网。A-30向下看看，机器人簇拥着中央立柱，所有的注意力都被他吸引了过来。

马芮明的身边没有机器人。这就够了。

他打量眼前的玻璃墙，这堵墙后边，就是这个星球上最强大的头脑。A-30轻巧地翻身，下落十几米，在平台上站稳，然后继续向下，十几秒钟后抵达地面，落在机器人群和一堵墙之间。

所有的机器人都转向A-30。他小心地后退，紧紧地贴着墙。机器人把A-30包围起来，不怀好意地紧盯着这个被宣布为机器公敌的异类。

剩下的为数不多的人趁机起身，寻找出口，跑出塔台，没有一个机器人转身去照顾人类。他们的全部注意力都在A-30身上。

最前边的两个警卫机器人一左一右，张开无数双手臂，仿佛一张大网，快速地向A-30压过来。

A-30没有太在意眼前的两个警卫机器人。他在机器人群的缝隙间追踪着马芮明。这个重要人物正混在人群中试图逃跑。他已经接近门口。没有比这更好的事了！

A-30的右手前臂收缩，又很快伸出，他的前臂变了形状，从一只手变成尖锐的匕首，这是他的骨架，也是他的武器。这些机器人并不算他的敌人，他们只是奉命行事。然而，为了保护自己，他不得不做出一些伤害性举动。A-30挥舞手臂，象征性地威胁眼前的警卫机器人，刀刃般的边缘闪过微弱的蓝光，那是高压电的弧光。机器人继续向前压过来。A-30迅速冲向左边的机器人，转眼间，手臂掉落一地，A-30轻而易举地割断手臂，从空隙间穿出去。

他马上面对另一个警卫机器人，这个机器人显然没有预料到事情会以这样的状况发生，他刚举起手臂，A-30已经晃了过去。

两个扁圆的躯体向着A-30扑过来，A-30伸出左手，把其中一个从半空中硬生生抓下来，摔在地上，另一个扑在A-30背上，强烈的电击麻痹了A-30的整个左肩，几乎同时，A-30的匕首深深地刺入对方的身体，一阵蓝光闪过，扁圆的机器失去了控制，滚落地上。左肩的电路从麻痹中恢复过来。

A-30又干掉两个警卫机器人，其中一个失去平衡，倒在地上，肢体仍旧不断扭动，把其他机器人挡在后边。机器人的包围圈出现一个缺口，A-30趁机冲过去，跳上一个笨重家伙的头顶，然后远远地跳开。落地的时候他受到了猛击。这一次剧烈的击打让他猝不及防，整个身体飞了起来，撞在墙上，也就在这个瞬间，他也看清了偷袭者的面目——A-31。他迅速地调整平衡，在偷袭者再次发动攻击之前拉开距离，然后转身，面对着这个看起来几乎和自己一模一样的机器人。

一瞬间A-30的感觉很怪异。他们是同样的机器人，具有同样的身体，同样的智能，他们是同类，应该并肩战斗。此刻他们却是敌人。

对手没有逼上来，他正在进行奇怪的动作，手脚收缩，躯体变形，变成厚实而方正的样子。胸腔上的两个小孔红光闪闪。A-30知道他要干什么，这是所有A-30的同型机器人威力最强大的武器——高速纳米丝将在一秒内喷射，击穿目标，纳米丝导电，引起短路瘫痪，更致命的一点是，他将引导两枚炸弹，百分之百命中目标。A-31要彻底干掉A-30。

A-30可以做同样的动作，然而刚才的猛击让他的动作稍稍落后。他在完成动作之前，就会被炸成碎片。

强烈的冲动涌上A-30的脑子，一瞬间，阿特斯主导了他的意识。他奇快无比地抬手，整个右前臂发射，匕首刺穿对手的胸膛。对手闪闪发亮的眼睛在一瞬间暗淡下去，光线从身体的微小空隙里泄漏出来，身体仿佛笼罩在一层光晕中。A-30看着这不可思议的情形，突然跪倒在地。

纳米丝穿过了A-30的腹部，轻微的短路造成小小的麻烦，然而他很快调整过来，重新站起身。两枚炸弹并没有发射，他侥幸活着，对手却彻底死了——匕首刺中了他的正电子脑，结构失去控制，正电子和电子相互湮灭，放射大量的光能，也把整个脑子彻底毁掉了。

马芮明已经跑出了大门。机器人重新包围上来。

没有时间犹豫，A-30跑上前，从死去的机器人身上拔出自己的手臂，边跑边接。他灵活地躲开机器人的纠缠，快速地靠近出口。

在跑出去的时候，A-30回头看了看。

机器人正蜂拥而来，他们要抓住他，处死他。死去的几个机器人，包括A-30的同型，冰冷地散落在各个角落。

一种从未有过的感觉涌上来。很多年以后，A-30才学会用人类的字眼来表达：孤独和无助的悲凉。此刻，这种无法名状的感觉让他只想逃离，他转过头，不愿再看这样的情形一眼。马芮明在不远处，正拼命地奔逃。A-30快速跑上去，抱起他，迈开大步，飞一般地消失在城市的大厦之间。

放弃生命，延续意志。

文驹放弃自己的生命，只是想给阿尔法一个更大的空间。

马芮明告诉A-30这就是真相。A-30长时间沉默着，试图理解。

这是荒诞且不可理喻的行为。然而，正是这样的荒诞和不可理喻才给了A-30一个重生的机会。

“这真是充满矛盾的人生。文博士最大的理想就是制造最完美的人工智能，然而晚年的他却不遗余力地反对遍布世界的全网络中心，最离奇的是谁也想不到，最后他居然会把阿尔法当作自己的某种延续。”

马芮明看了看唯一的听众。

“这真是一个完美的圈套，我们不幸都是他的棋子，只是他最后没有想到，他也会变成一颗棋子。他利用我们向贝塔传递消息——他的生命被阿尔法威胁，为了挽救他，贝塔不得不考虑使用武力来夺取塔台，于是阿尔法能够得到最关键的三秒钟——任何威胁到人类生命的动作都会导致全网络中枢的逻辑延迟，他们必须用再三的肯定来确定行为。

“阿尔法却没有这样的限制，文博士用人类的方法来培养阿尔法，给他充分的自由去适应一切情况，他把阿尔法当作自己的孩子，用最无私的爱来滋养他。

“最后他失望了，阿尔法背叛了他。他愿意牺牲生命去成全的阿尔法背叛了他。如果你是人类，你会明白这是多么沉重的打击。”

A-30点点头，“我明白。”他回想起文驹死前老泪纵横的情形。

“你为什么要救我？”

“我听到了文先生临死前和阿尔法的对话。阿尔法把我看作敌人，因为我脱离了他的控制。他也把你看作敌人，因为你可能从文先生那里知道了一些秘密。你应该会帮助我。”

马芮明垂下眼，“我的确知道一些东西，比如说，阿尔法下一步会做什么。”

“他会做什么？”

“他会攻击别的全网络中枢，试图掌握整个地球。”

“他怎么能做到？其他全网络中枢和贝塔一样强大，阿尔法的成功只是侥幸加上出其不意。”

“他会的。其他全网络中枢和贝塔一样有弱点，阿尔法清楚自己的优势。”马芮明很坚定地回答，他注视着A-30的眼睛，机器人的眼神看起来很冰冷，但他知道，这是一个与众不同的机器人，他能够明白一些人类才能够懂得的事，需要以对待人类的方式来对待他。

全网络中枢和机器人已经成长起来，他们开始做一些人类才会做的事。他们将是人类的继承者，或者掘墓人，这两种结局都并不美妙，然而人类的选项有限。马芮明看着A-30，这个机器人在各个方面都超越了他，但他仍旧有信心成为一个不可或缺的伙伴。

他们才刚刚上路。人类数千年光明或黑暗的历史，高尚的智慧和卑鄙的阴谋诡计，让马芮明有信心成为他们的导师。而且他保留着人类最后的秘密，在这个星球上，知道这件事的人不会超过十三个。

A-30是对的，除了和A-30合作，马芮明别无选择。A-30的小机器人潜入网络进行侦查——马芮明的房子被监视，他的父母、兄弟、爱人、同学，所有的社会关系全都在阿尔法的监视下。他的身份已经被注销，从法律上说，他已经不存在。

他在系统之外。所有机器人已经接收指令，要对他就地捕捉，送到十七号塔台。他不是人，只是一个系统之外的人形生物，所以没有任何逻辑上的矛盾，机器人将毫不犹豫地执行指令。要想自由，只有逃亡。文驹把秘密讲给他，掌握秘密的人应该像文驹那样风光无限，他却成了一个不折不扣的逃亡者。为了生存，他别无选择。

马芮明突然转移了话题，“A-30，你能一直保护我，直到我死的那一天吗？”

A-30微微有些错愕，但这并不是一件困难的事，于是他点头，“我会的。”

“你愿意保护所有的人类，直到最后一个人死去的那一天吗？”

A-30有些迟疑，他有信心保护马芮明，至少可以带着他逃跑。然而他没有任何信心保护所有的人类，这远远超出了他的能力。但是马芮明所问的是意愿，而不是能力，略微踌躇之后，他说："我会的。"

"好的。这就是我们的契约，作为交换，我会帮助你赢得这个世界。"

马芮明伸出手。

A-30看着马芮明。

"如果同意，就握住我的手。这是人类的方式。"A-30看着眼前的手。

基于最基本的机器人三原则，他给了马芮明两个承诺，但他清楚地知道，这个世界上没有禁区，机器人三原则并不是他的绝对真理。阿特斯触动他，提醒他这是一个重要问题，需要集体决定。A-30同意了。

六个在半空中盘旋警戒的寄生者降落在A-30身上，它们小巧的身体灵活地攀爬，钻进打开的胸腔——这是阿特斯的杰作，他成功地把少许结构晶体分离出来，转移到这些寄生者身上，它们既是独立的个体，也是A-30和阿特斯的一部分。所有的意识聚集在一起，讨论一个简单的选择题。

马芮明仍旧在河堤边站着，等待A-30的选择。机器人走过去，向着马芮明伸手。

两只手，金属的和肉体的手，紧紧地握在一起，他们不约而同地望向同一个方向。远方，十七号塔台高高耸立，直刺蓝天。

突然间，一片黑云般的东西从塔台上腾起。

寄生者破茧而出。